शरलॉक होम्स
की उत्कृष्ट कहानियाँ

ऐसी सनसनी खेज कहानियाँ, जिन्हें पढ़कर
आप दबा लेंगे दांतो तले उंगलियाँ!!!

अनुवाद एवं रूपांतरण
तरुण वाही

यूनीकॉर्न बुक्स

प्रकाशक
यूनीकॉर्न बुक्स

F-2/16, अंसारी रोड, दरियागंज, नई दिल्ली-110002
☎ 23275434, 23262683, 23250704 • Fax: 011-23257790
ई-मेल: info@unicornbooks.in • वेबसाइट: www.unicornbooks.in

शाखा : मुम्बई
23-25, जाओबा वाड़ी, ठाकुरद्वार, मुम्बई-401002
☎ 022-22010941, 022-22053387
ई-मेल: rapidex@bom5.vsnl.net.in

ISBN: 978-81-7806-357-7

संस्करण: 2023

मुद्रकः परम ऑफसेटर्स, ओखला, नई दिल्ली-110020

विषय-सूची

ये कत्ल का मामला है !!

(The Adventure of the Cardboard Box)

गर्मी से बचने के कई उपाय हैं | वातानुकूलित कमरों या ऑफिस में जाकर बैठिये | कोल्ड ड्रिंक 'सिप' कीजिये या फिर किसी नदी, तालाब या स्वीमिंग पूल में जाकर डुबकी लगाइये या फिर कोई ठंडा-ठंडा कूल-कूल पाउडर बदन पर छिड़क लीजिये और चैन की सांस लीजिये |

लेकिन अगर आप जासूस हैं तो आपके लिये ऐसा कर पाना कतई मुमकिन नहीं | अपनी इन्वेस्टिगेशन के लिये आपको बाहर निकल कर मौसम की तपती गर्मी का सामना तो करना ही होगा | केस के उलझे हुए पेंचों को सुलझाने की दिमागी गर्मी से भी आपका सामना उसी भीषणता के साथ ही होगा |

" उफ़ ! आज लंदन का मौसम बेहद गर्म है | ये भीषण गर्मी तो मार ही डालेगी |" डॉ. वॉटसन का जिस्म पसीने-पसीने हुआ जा रहा था– "कड़कड़ाती सर्दी से बचने का उपाय है ऊनी कपड़े पहन लो लेकिन चिलचिलाती गर्मी से बचने के लिये कपड़े उतार कर बाहर नहीं जा सकते|"

मास्टर डिटेक्टिव शरलॉक होम्स ! जिसकी निगाहें टेबल पर पड़े उस न्यूज पेपर पर थीं जिसे अभी पढ़ने के लिये खोला नहीं गया था | वो डॉ. वाटसन की बातों को सुन कर केवल हौले से मुस्कराया जैसे उसे इन सब से कोई खास फर्क ना पड़ रहा हो | वो जानता था कि वो एक डिटेक्टिव है | कैसी भी परिस्थितियों में बौखलाना या उत्तेजित होना उसकी प्रकृति में शामिल नहीं था और मौसम के उतार-चढ़ाव भी ऐसी ही परिस्थितियों में शामिल थे |

"तुम भूल रहे हो कि इस जगह के कारण ही आज हम दोस्त हैं ! जिस जगह ने मुझे तुम जैसा और तुम्हें मुझ जैसा दोस्त दिया, उस जगह को कोसने की बजाये उससे प्यार होना चाहिये !"

"मैं तुम्हारी तरह गर्म मौसम का प्रेमी नहीं हूं मिस्टर शरलॉक होम्स | वैसे मैं इस जगह को कोस नहीं रहा, बल्कि क्रोयेडान जैसी कूल जगह में

रहने वाले लोगों के बारे में सोच रहा था। वहां के लोगों का मिजाज भी कूल और फ्रेंडली होता है।"

"ओहो ! तो ये बात है ! तो फिर क्यों ना तुम्हें तुम्हारी सोचों की उसी कूल-कूल दुनिया में ले जाया जाये ? और वह भी तुरन्त। "

डॉ. वाटसन ने तुरन्त निगाहें घुमा कर शरलॉक होम्स की तरफ देखा और उसे घूरते हुए कहा–"आप जासूस हैं मिस्टर शरलॉक होम्स, कोई जादूगर नहीं कि छड़ी घुमाई और हम पहुंच गये क्रोयेडान। हुंअ !"

"हां ! जासूस हूं इसलिये कह रहा हूं। देखो। पढ़ो इस न्यूज को !" शरलॉक होम्स ने अखबार की एक न्यूज पर उंगली रखते हुए कहा और उसे डॉ. वाटसन की तरफ सरका दिया।

डॉ. वाटसन की निगाहें उस समाचार पर जाकर ठिठक गईं। वहां सचमुच एक थ्रिलिंग और जिस्म को सिहरा देने वाली न्यूज छपी हुई थी। न्यूज के मुताबिक़ क्रोयेडान के क्रॉस स्ट्रीट में रहने वाली मिस सूसन नाम की एक औरत को दोपहर दो बजे के आसपास की डाक से एक पार्सल मिला था। मिस सूसन ने जब पार्सल को खोला तो उसमें उसे गत्ते का एक डिब्बा दिखाई पड़ा। गत्ते के उस डिब्बे को खोलने पर मिस सूसन के होश उड़ गये क्योंकि वो बॉक्स नमक से पूरा भरा हुआ था और उसके ऊपर बड़े ही वीभत्स तरीके से किसी इंसान के दो कटे हुए कान रखे थे।

सफेद नमक पर जमे हुए खून के लाल धब्बों के बीच रखे हुए वे दो कटे कान किसी का भी कलेजा हिला देने के लिये काफी थे। उन्हें देख कर मिस सूसन की टांगें कांप गई थीं। दिल जोर से बजने लगा था। धड़कनें बढ़ गईं थीं। उसने तुरन्त पुलिस को कॉल किया था। इंस्पेक्टर लेस्टरेड के नेतृत्व में तुरन्त पुलिस टीम वहां आ पहुंची। जांच में उसने पाया कि पार्सल को बेलफास्ट के डाकघर से भेजा गया था।

मिस सूसन को मेडिकल के उन तीन छात्रों पर शक था जो उसके घर पर पिछले दिनों किरायेदार के रूप में रहे थे। मिस सूसन उनसे किसी बात पर नाराज हो गई थीं जिसके कारण उसने उन्हें अपने घर से निकाल दिया था। उसे लगा कि शायद इसी कारण उन्होंने उसे परेशान करने के लिये या डराने के लिये ऐसी गिरी हुई व खौफनाक हरकत की है।

उसके मुताबिक़ मेडिकल के छात्र होने के कारण ऐसा करना उनके लिये ज्यादा आसान और सुविधापूर्ण था। हो सकता है प्रयोगों या आटोप्सी

के लिये उन्हें मिले किसी शव के कान उन्होंने काट लिये हों | मिस सूसन के मुताबिक़ उनमें से एक छात्र बेलफास्ट का ही रहने वाला था |

डॉ. वाटसन ने पूरी न्यूज पढ़ने के बाद जैसे ही शरलॉक होम्स की तरफ देखा कि शरलॉक ने एक कागज का पुर्जा उसकी तरफ बढ़ा दिया |

"ये क्या है ?"

"टेलीग्राम माई डीयर ! इंस्पेक्टर लेस्टरेड ने हमें वहां बुलाया है और इस केस की छानबीन के लिये हमारी मदद मांगी है | तो माई डियर फ्रेंड डॉ. वाटसन ! चलने के लिये तैयार हो जाओ |"

अंधा क्या चाहे दो आंख ! भीषण गर्मी झेलते डॉ. वाटसन को तो जैसे मन मांगी कूल-कूल मुराद मिल गई थी | उन्हें तुरन्त ठंडक की ताजगी का एहसास हुआ | वाकई ये सपने के सच होने जैसा ही था | कहते हैं चौबीस घंटे में एक बार किसी भी समय किसी भी पल सरस्वती जुबान पर विराजमान होती है | कभी-कभी इच्छायें तुरन्त पूरी होती हैं | डॉ. वाटसन के लिये भी ये कुछ ऐसा ही अनुभव था | वे सिर के बल भी चलने के लिये तैयार थे |

अगले दिन ट्रेन से क्रोयेडान की ओर कूच करने से पूर्व शरलॉक होम्स ने इंस्पेक्टर लेस्टरेड को एक टेलीग्राम द्वारा अपने और डॉ. वाटसन के आने की सूचना भेज दी |

उस समय वहां हल्की बूंदा-बूंदी हो रही थी जब उनके कदमों ने अपनी मंजिल के स्टेशन को छुआ | मौसम गुलाबी था | लेकिन शरलॉक जानते थे कि वे वहां मौसम का मजा लेने या घूमने नहीं आये हैं | डॉ. वाटसन जरूर ठंडा-ठंडा कूल-कूल देख कर खुश दिखाई पड़े | वहां उन्होंने एक अच्छे होटल में रूम लिया | अपना सामान वहां छोड़ने के बाद वे शीघ्र ही क्रॉस स्ट्रीट की तरफ निकल गये |

शरलॉक को केस निबटाने की कभी भी बेसब्री नहीं रहती थी लेकिन गुनाह से वो भी नफरत करते थे | उनकी कोशिश रहती थी कि गुनहगार को जल्दी ही उसके अंजाम तक पहुंचा दें क्योंकि जो उस गुनाह का भुगत भोगी होता है वो अपराधी के बच जाने से सबसे ज्यादा पीड़ित होता है | उसे दोहरी मार पड़ती है | अपराध को झेलने के अलावा अपराधी के बच निकलने की प्रताडना भी उसे झेलनी पड़ती है |

वहां पहुंच कर उन्होंने इंस्पेक्टर लेस्टरेड को अपना इन्तजार करते पाया | लेस्टरेड ने पूरी गर्मजोशी के साथ उनका स्वागत किया | शरलॉक

होम्स को वहां देखते ही उसके चेहरे पर आत्मविश्वास से भरी एक अनोखी चमक आ गई थी | वो शरलॉक होम्स के बारे में जानता था | वो जानता था कि शरलॉक के सामने कोई भी केस अपनी जटिलताएं खो देता था |

उसके सामने जटिल से जटिल और ट्रिकी केस भी अपनी चालें भूलने लगते थे | चालाक से चालाक अपराधी भी अपराध करते समय चूक या भूलें करते हैं | कैसी भी चालाकी हो शरलॉक की निगाहें उस चूक या गलती को पकड़ने की चूक कभी नहीं करती थीं |

शरलॉक उन चूकों, भूलों और क्लूज को पकड़ते हुए असली अपराधी तक ऐसे पहुंचता था जैसे कोई सीढ़ी दर सीढ़ी चढ़ते हुए अपनी मंजिल तक पहुंच जाता है |

शरलॉक की मौजूदगी में लेस्टरेड को पक्का उम्मीद हो चली थी कि अब यह केस बहुत जल्दी क्रैक होगा | इंस्पेक्टर उन्हें मिस सूसन के पास ले गया| मिस सूसन की उम्र पचास के आसपास थी | वो बेहद परेशान व नर्वस थी | उसकी परेशानी जायज थी |

वो अभी तक उस रहस्य को नहीं समझ पाई थी कि किसी ने उसके साथ ऐसी वीभत्स और घिनौनी हरकत क्यों की थी ? उसने प्रश्नपूर्ण

निगाहों के साथ उन दोनों की तरफ देखा तो इंस्पेक्टर ने उनका परिचय उसे दिया और फिर उन्हें उस पार्सल तक ले गया |

गत्ते के उस डिब्बे को खोला गया | शरलॉक की बाज जैसी निगाहें जैसे उस बॉक्स पर ही जा चिपकीं | उसकी तीक्ष्ण निगाहें बॉक्स का मुआयना करने लगीं | ऐसे पलों में जैसे उसकी आंखें मेग्निफाईंग ग्लास में बदल जाती थीं | सूक्ष्म सबूतों का छुपना भी उस समय नामुमकिन होता था |

शरलॉक ने देखा कि वो एक आयताकार गत्ते का आधे पाउण्ड वजन का डिब्बा था | होम्स ने देखा कि डिब्बा नमक से पूरा भरा हुआ था | इस बारे में वे लोग न्यूज पेपर में भी पढ़ चुके थे | शरलॉक ने एक ब्रश की मदद से उसमें भरे नमक को एक तरफ किया और एक चिमटे की मदद से उसमें पड़े दोनों कटे कानों को बॉक्स से बाहर निकाला |

शरलॉक ने बहुत बारीकी के साथ उन कानों का निरीक्षण किया | फिर उसने लेस्टरेड को बताया – " ये दोनों कान एक ही इंसान के ना होकर दो अलग लोगों के हैं |"

इंस्पेक्टर चौंका –" अरे ! इस बात की तरफ तो ध्यान ही नहीं गया |"

इन्वेस्टिगेशन के समय अक्सर ऐसा हो सकता है | और यदि ऐसा होता है तो ऐसी ही चूकें पुलिस और जासूसों को मुख्य अपराधी से दूर करती हैं | क्राईम सीन पर मिला एक छोटा सा बाल भी पुख्ता सबूत हो सकता है |

शरलॉक ने लेस्टरेड की बात पर अधिक तवज्जो ना देते हुए आगे कहा – " मेरे कहने का मतलब है कि इनमें से एक कान एक स्त्री का है और दूसरा किसी पुरुष का | देखो | एक कान में छेद है | यह एक स्त्री का कान है | यह अवश्य ही इयरिंग भी पहनती है |

दूसरा कान जिस पुरुष का है वो सूर्य की अल्ट्रा-वायलट किरणों के सम्पर्क में रहता है क्योंकि कान सूर्य के ताप के असर से काला पड़ चुका है | अक्सर स्त्रियां इतने अधिक समय तक सूरज के एक्सपोजर में नहीं रहती हैं| दूसरे पार्सल को एक विशेष तरीके से बांधा गया है | ऐसा तरीका अक्सर आम लोग इस्तेमाल नहीं करते | इसके बारे में बाद में कहूंगा |

इस विशेष गांठ को भी मैं इसलिये देख सका क्योंकि मिस सूसन ने इस गांठ को खोलने के बजाये इसे काट कर खोला | वरना शायद गांठ डिस्टर्ब हो जाती और मैं इस क्लू को ना देख सकता | फिलहाल इससे ज्यादा मैं

अभी कुछ नहीं कह सकता | अभी मैं किसी नतीजे पर पहुंचने की जल्दी में नहीं हूं |

सभी सबूतों को इकट्ठा करने के बाद ही मैं किसी नतीजे पर पहुंच पाऊंगा और मैं विश्वास दिलाता हूं कि यह बहुत जल्दी होगा |"

"आपकी जानकारी के लिये बता दूं कि मैंने मेडिकल के उन तीनों स्टुडेंट्स की जांच के लिये अपने दो आदमियों को उनके पास भेजा है |" लेस्टरेड ने शरलॉक होम्स को ऐसे बताया कि जैसे वो भी इस मामले में चुप नहीं बैठा हैं और उसकी इन्वेस्टिगेशन भी चालू है |

उसके इस कथन पर शरलॉक ने मुस्करा कर उसकी तरफ देखा | लेस्टरेड उसके देखने के अंदाज से ही समझ गया कि उसने जरूर कुछ गलत बोल दिया है | जबकि शरलॉक अपना सिर हिलाते हुए बोला - "यदि तुम ये समझ रहे हो कि यह काम उन स्टुडेंट्स का है तो ये विचार अपने दिलों-दिमाग से निकाल दो क्योंकि अगर वे ऐसा करते तो कभी भी नमक का इस्तेमाल ना करते |"

"अ... भला ऐसा क्यों ?" लेस्टरेड प्रश्न पूछते हुए भी हिचकिचा रहा था |

"क्योंकि ज्यादातर मेडिकल स्टुडेंट्स अपने कॉलेज के होस्टल्स में रहते हैं | लैब में उन्हें ढेर सारे नमक के स्थान पर कार्बोलिक या स्प्रिट आसानी से अवेलेबल होती है | इसके अलावा इस पार्सल पर लिखी गई अव्यवस्थित सी हैंड-राईटिंग को ध्यान से देखो | मेडिकल के किसी स्टूडेंट की राईटिंग इतनी खराब नहीं हो सकती | ये किसी कम पढ़े-लिखे व्यक्ति का काम है |"

लेस्टरेड उसकी तरफ आंखें फाड़े देख रहा था और निश्चित ही सोच रहा था – 'उफ़ ! ये आदमी है या जिन्न ! हमने तो सिर्फ कान ही देखे | इसने तो कान के सारे बाल तक ना सिर्फ गिन लिये बल्कि नौंच लिये |'

शरलॉक ने आगे कहा- "और माई डियर ! क्राईम सीन में जो दिखता है ... वो अक्सर हकीकत नहीं होता ! अभी और भी बहुत कुछ हो सकता है | हो सकता है इन दोनों व्यक्तियों का खून करके इनके कान काटे गये हों ! अभी हम सिर्फ इन्तजार कर सकते हैं | देखें आगे क्या-क्या होता है | फिलहाल तो इन कानों को जैसे का तैसा प्रीजर्व करवा दें ताकि ये खराब ना हों |"

यह कहते हुए शरलॉक होम्स हवा के झौंके के समान उस तरफ बढ़ गया जिधर मिस सूसन उनकी प्रतीक्षा में थीं। डॉ. वाटसन उसके पीछे थे जबकि इंस्पेक्टर लेस्टरेड वापस पुलिस स्टेशन लौट गया। शरलॉक सधे हुए कदमों के साथ चलते हुए बरांडे को पार करने के बाद लीविंग रूम में पहुंचा।

वहां मिस सूसन को बड़ी बेसब्री के साथ उन्होंने अपना इन्तजार करते पाया। वे यह जानने को बेताब थीं कि शरलॉक होम्स उस पार्सल को भेजने वाले का कोई क्लू खोज पाया या नहीं ? उस पार्सल के कारण उनकी नींद हराम थी। उनकी हार्ट बीट तेज हो जाती थी। तनाव के कारण उनके होंठ जैसे मुस्कराना भूल चुके थे। उनकी भूख-प्यास सब डिस्टर्ब थे।

शरलॉक होम्स ने कमरे की हर स्थिति को, हर चीज को, दीवारों को, पेंटिंग्स को, तस्वीरों को, और फिर मिस सूसन को भी बड़ी ही पैनी निगाहों से देखा।

दोनों उसके सामने सोफे पर जा बैठे। उनके बैठने का अंदाज पुलिस से थोड़ा भिन्न था। उनके अंदाज में आत्मविश्वास था लेकिन निगाहें जिस प्रकार से उन्हें घूर रही थीं उससे मिस सूसन को घबराहट हो जाना नॉर्मल ही था हालांकि ऐसा करने का शरलॉक का कोई इरादा नहीं था। अपने काम की प्रकृति के कारण शरलॉक केवल उसके भावों को पढ़ने की कोशिश कर रहा था।

ऐसा अक्सर होता था कि कई बार शातिर अपराधी सामान्य भावों के साथ उससे मिलते थे और आखिर में वही अपराधी भी सिद्ध होते थे। शरलॉक की आंखें तीर की तरह चीर कर ऐसे शातिर अपराधियों के चेहरे पर ना प्रकट होते असली भावों तक पहुंचने की कोशिश करती थीं। कई बार उसकी ऐसी हरकतें ही अपराधी को बौखलाने के लिये काफी होती थीं।

"तो मिस सूसन आपकी दो बहनें हैं ?" शरलॉक ने एकदम से आशा के विपरीत ही सवाल किया जबकि मिस सूसन को लगा था कि शरलॉक कटे कानों वाले पार्सल के बारे में कुछ बोलेंगे।

"ह... हां ! साराह और मैरी !" मिस सूसन ने स्वीकृति में सिर हिलाते हुए तुरन्त मेंटल पीस पर रखे एक ग्रुप फोटो की तरफ देखा फिर धीमे से बोली - " हम तीन बहनों में मैं सबसे बड़ी हूं। लेकिन... इंस्पेक्टर लेस्टरेड कह रहे थे कि आप डिटेक्टिव हैं। मेरी समझ में यह नहीं आ रहा कि यहां

डिटेक्टिव की क्या जरूरत है ? यह केस तो एकदम से ओपन है | यह हरकत उन्हीं लड़कों की है | उन्हें गिरफ्तार क्यों नहीं करते ?"

शरलॉक ने एक दूसरी फोटो की तरफ देखते हुए पूछा –" आपकी छोटी बहन मैरी का यह फोटोग्राफ ! यह लिवरपूल में लिया गया है | मैं जानना चाहता हूं कि इस तस्वीर में उसके साथ नेवी के स्टीवर्ड की वर्दी में यह जो आदमी है, क्या वो उसका हजबैंड है ?"

"नहीं मिस्टर शरलॉक ! ये मैरी का शादी से पहले का फोटो है | इसकी शादी मिस्टर ब्राउनर से हुई थी और तस्वीर में जो इसके साथ है वो पहले इसका बेस्ट फ्रेंड फेयरबेर्न था | संयोग से ब्राउनर भी एक नाविक है | वह 'मे-डे' नाम के एक शिप में काम करता है | लेकिन... इन सब बातों का उस पार्सल से क्या रिलेशन है ?"

"मिस सूसन ! आपके सीने में दिल धड़कता है ?"

"मतलब ?"

"पहले आप मेरे सवाल का जवाब दें ? आप के सीने में दिल धड़कता है ?"

"ऑफकोर्स धड़क रहा है ! तभी तो मैं जिन्दा हूं !"

"डॉ. वाटसन ! क्या आप उस धड़कन को देख पा रहे हैं ?" शरलॉक ने मुस्करा कर डॉ. वाटसन की तरफ देखा | डॉ. वाटसन ने तुरन्त कोई जवाब नहीं दिया | वास्तव में डॉ. वाटसन जानते थे कि उन्हें कोई जवाब देना भी नहीं था |

"यह कैसा फिजूल का सवाल है ? कोई किसी की धड़कन को कैसे देख सकता है ?" मिस सूसन ने अजीब सी निगाहों से शरलॉक की तरफ देखा |

"घटनास्थल या अपराध से जुड़े हर व्यक्ति के आसपास ऐसे कई छुपे हुए राज होते हैं जो कई बार उस केस की धड़कन होते हैं | दिखाई नहीं पड़ते लेकिन उनका गहरा सम्बन्ध केस से होता है | जैसे आप उन धड़कनों के कारण जिन्दा हैं वैसे ही वो केस भी उनके कारण तब तक जिन्दा रहता है जब तक कोई उन धड़कनों को महसूस नहीं कर लेता |

धड़कनों को महसूस करने के लिये केवल यही देखना काफी होता है कि व्यक्ति जिन्दा है जैसा कि आपने भी कहा मिस सूसन कि ऑफकोर्स दिल धड़क रहा है | तभी तो मैं जिन्दा हूं | मैं जानता हूं कि केस अभी सॉल्व नहीं

हुआ है इसलिये केस की धड़कनों को महसूस करके इस घटना के जिम्मेदार व्यक्ति तक पहुंचने की कोशिश कर रहा हूं।"

शरलॉक सहसा उठ खड़ा हुआ और सूसन के पीछे पहुंच कर उसके कानों की तरफ बार-बार नीचे झुकते हुए बारीकी से कुछ देखने की कोशिश करने लगा। उसका यह अंदाज किसी के भी दिमाग को चकरा देने वाला था। यह समझना आसान नहीं था कि वो सूसन के कानों के नीचे क्या देखने की कोशिश कर रहा है ?

शरलॉक की बातें शरलॉक ही जाने। शरलॉक की आंखें जो देखती हैं। शरलॉक का दिमाग जो सोचता है या जानता है उसे वो खुद ही समझ सकता था। उसकी ऐसी हरकतें ही उसे जीनियस बनाती थीं क्योंकि उनमें एक अर्थ छुपा होता था। कोई गहरा राज।

सूसन का ध्यान सामने की तरफ था। वो उसकी इस हरकत को नहीं देख पाई थी। शरलॉक ने वापस आकर बैठते हुए आगे कहा –" अब आप मुझे यह बतायें कि आप अपनी इस बहन मैरी से पिछली बार कब मिली थीं ?"

"मैं समझ नहीं पा रही हूं कि आप यह क्यों पूछ रहे हैं लेकिन मैं फिर भी आपको बताती हूं कि हम अक्सर एक-दूसरे के यहां आया जाया करते हैं और अभी कुछ समय पहले ही साराह मैरी के घर गई थी उससे मिलने। वो वहां लगभग एक सप्ताह रुक कर छुट्टियां बिता कर लौटने वाली थी...

...लेकिन वो बहुत जल्दी वहां से लौट आई। उसका कारण ब्राउनर था। उसे पीने की लत थी। अल्कोहल लेने के बाद वो अक्सर होश खो देता था। शायद मैरी और ब्राउनर के बीच कुछ ऐसा हुआ था जो साराह को पसंद नहीं आया था।"

"ओ. के. मिस सूसन !" अचानक ही शरलॉक उठ खड़े होते हुए बोला – "मुझे आपकी दोनों बहनों से भी मिलना होगा। मैं उम्मीद करता हूं कि उनसे मेरी मुलाकात 'हमारे' लिये काफी महत्वपूर्ण सिद्ध होगी।"

शरलॉक होम्स और डॉ. वाटसन ने वहां से विदा ली।

रास्ते में टेलीग्राफ ऑफिस में रुक कर शरलॉक ने अपने एक डिटेक्टिव दोस्त एल्गर को एक टेलीग्राम दिया जो लिवरपूल में ही रहता था। उसने उसे मैरी और मिस्टर ब्राउनर का पूरा पता देते हुए उनकी प्रत्येक एक्टिविटी पर 'नजर' रखने को कहा।

खुद वे दोनों एक घोड़ा गाड़ी द्वारा न्यू स्ट्रीट की तरफ चल पड़े | न्यू स्ट्रीट वेलिंग्टन में थी जहां साराह रहती थी | लेकिन वहां पहुंच कर उन्हें साराह के बीमार होने का पता चला | उसे ब्रेन फीवर हुआ था | उसके डॉक्टर ने सख्त व तल्ख स्वर में दरवाजे पर ही यह जानकारी दी और उन्हें कुछ दिन बाद आने की सलाह देते हुए उन्हें जाने को कहा | शरलॉक ने भी उससे मिलने की कोई जिद्द नहीं की या शायद जरूरत ही नहीं समझी |

शायद जो कुछ वे जानना चाहते थे वो उससे बिना मिले ही जान चुके थे | शरलॉक होम्स कब, क्या और क्यों सोच रहा है कोई भला क्या जाने ? वैसे भी एक बीमार को क्यों डिस्टर्ब करना | उन्होंने डॉक्टर की सलाह पर सहमति में सिर हिलाया और जाने के लिये पलट गये |

उस समय तक दोपहर हो चुकी थी | भूख के मारे दोनों के पेट में चूहे उछल-कूद मचाने लगे थे | भूखे पेट ना होए भजन गोपाला | वहां से लंच के लिये वे सीधे एक रेस्तरां में पहुंचे | लंच के समय उनका सारा ध्यान केवल लंच पर ही था | लंच के बाद दोनों आराम करने के उद्देश्य से वापस अपने होटल में आ गये |

वहां एक टेलीग्राम उनका इन्तजार कर रहा था | रिसेप्शन के क्लर्क ने उन्हें वह टेलीग्राम दिया | शरलॉक ने देखा | टेलीग्राम इंस्पेक्टर लेस्टरेड की ओर से भेजा गया था | उसने उन्हें बताया था कि वह उस समय न्यू ब्राईटोन में था जहां एक सनसनीखेज न्यूज उनका इन्तजार कर रही है | उसने यह भी बताया था कि उसने उन्हें वहां लाने के लिये एक गाड़ी भेजी है |

"शरलॉक ! इंस्पेक्टर लेस्टरेड अपना केस जल्दी से जल्दी सुलझा लेने को उतावले हैं |" डॉ. वाटसन ने मुस्कराते हुए कहा और लेस्टरेड द्वारा भेजी गई गाड़ी की तरफ इशारा किया जो होटल पहुंच चुकी थी |

"नहीं ! ये केस जितना उसका है उतना ही मेरा भी है | गाड़ी भेज कर वो सिर्फ हमें कोई परेशानी नहीं होने देना चाहता | उस सनसनीखेज न्यूज का सम्बन्ध जरूर गत्ते के डिब्बे में मिले कटे कानों से होगा | आओ चलें !"

"ल...लेकिन हम तो वापस यहां कुछ देर होटल में आराम करने आये थे ?"

"एक डिटेक्टिव हमेशा एक्टिव रहता है | उसकी जिंदगी में आराम का कोई पल तय नहीं होता | कभी-कभी वही एक पल केस को सॉल्व करने में

मददगार सिद्ध हो सकता है।" कहते हुए शरलॉक डॉ. वाटसन के साथ लेस्टरेड द्वारा भेजी गई गाड़ी में सवार हो गये।

डेढ़ घंटे में ही गाड़ी न्यू ब्राईटोन में एक झील के किनारे पहुंच कर रुकी। लेस्टरेड ने उन्हें देख कर उत्साहित होकर हाथ हिलाया। एक बार फिर उसके चेहरे पर कॉन्फिडेंस की वही चमक उभरी थी जैसी पहली बार क्रोयेडोन में शरलॉक को देख कर उभरी थी।

"मेरी समझ में आज तक यह नहीं आया कि ये तमाशाई ऐसी हर जगह क्यों जमा रहते हैं ?" डॉ. वाटसन ने कहा। झील के किनारे कुछ तमाशाई लोग इकट्ठा थे जो पुलिस की कार्रवाही को बड़ी उत्सुकता के साथ देख रहे थे।

शरलॉक ने बड़ी ही सादगी से जवाब दिया - "दुनिया का कोई भी शहर, गांव या कस्बा हो, तमाशाई हर जगह होते हैं। तमाशाई लोगों का उस घटना से कोई लेना-देना नहीं होता लेकिन फिर भी वे वहां जमा जरूर रहते हैं। हर तमाशाई चाहता है कि घटना की हर नई बात का उसे सबसे पहले पता लगे ताकि वो किसी दूसरे से गॉसिप में अपनी ज्यादा से ज्यादा जानकारी को बघार कर अपना सीना चौड़ा कर सके।"

वे लेस्टरेड के पास पहुंचे तो लेस्टरेड ने उन्हें बताना शुरू किया – "शरलॉक ! तुम्हें यहां बुलाने का कारण ये है कि यहां की पुलिस को इस झील में दो लाशें मिली हैं।"

"उसकी बात सुन कर शरलॉक ने घूर कर लेस्टरेड को देखा फिर बोला – "तो क्या तुमने इनके क्रियाकर्म का इंतजाम करने के लिये मुझे यहां बुलाया है ?"

शरलॉक की बात सुनकर डॉ. वाटसन और लेस्टरेड का मन हंस पड़ने का हुआ लेकिन स्थिति की गम्भीरता को देख कर वो चुप रहे। लेस्टरेड ने कवर कर दी गई लाशों की तरफ आगे बढ़ते हुए आगे कहा – "मेरा मतलब था कि तुम यह सुन कर उछल पड़ोगे कि इन दोनों लाशों का एक-एक कान गायब है। मतलब किसी ने इनकी हत्याएं करके इनके एक-एक कान काट लिये हैं।"

"हां ! यह जानकारी हमारे काम की है क्योंकि हम पहले से ही मिस सूसन को पार्सल में मिले कटे हुए कानों की इन्वेस्टिगेशन कर रहे हैं।" डॉ. वाटसन ने साफ़ किया।

शरलॉक ने कहा – "इन दोनों के खून कैसे हुए यह तो हमें इनकी पोस्टमार्टम रिपोर्ट आने के बाद ही पता लग पायेगा | अगर इन्हें मारकर पानी में फेंका गया होगा तो इनके पेट में झील का पानी नहीं मिलेगा | लेकिन यदि झील में जबरन डुबो कर इन्हें मारा गया होगा तो इनके पेट में झील का पानी भी मिलेगा | तुमने इस बारे में बोट क्लब के इंचार्ज से पूछताछ तो कर ही ली होगी ?"

"हां ! उससे पूछताछ में पता चला कि ये दोनों तीन दिन पहले दोपहर बाद यहां आये थे | उन्होंने बोट किराये पर ली और बोटिंग एन्जॉय करने के लिये झील में चले गये | लेकिन फिर लौट कर नहीं आये |"

"खाली बोट मिलने पर उसने क्या किया ?"

"उसने इसे सीरियसली नहीं लिया क्योंकि अक्सर थोड़ी देर होने पर लोग एक्स्ट्रा चार्ज देने के डर से बोट कहीं भी छोड़ कर चले जाते हैं |"

"उसने कुछ बताया कि क्या इनके बाद भी कोई और बोटिंग करने के लिये झील में बोट लेकर गया था ?"

"हां ! उसने बताया था कि इन दोनों के बोट लेकर झील में जाने के थोड़ी ही देर बाद अधेड़ उम्र और लम्बे-चौड़े बलिष्ठ शरीर का गंजे सिर का एक आदमी भी बोट किराये पर लेकर झील में गया था | पर वो बहुत जल्दी बोट लेकर वापस आ गया था |"

शरलॉक कुछ देर चुप खड़े रह कर कुछ सोचता रहा | फिर वह लाशों को देखने के लिये आगे बढ़ आया | वहां खड़े एक पुलिस वाले ने लेस्टरेड के इशारे पर लाशों के ऊपर से कपड़ा हटाया |

डॉ. वाटसन और शरलॉक ने सावधानी व सतर्कता के साथ लाशों का बारीकी से मुआयना किया | शरलॉक को पुरुष की लाश की जेब से ट्रेन के दो गले हुए से टिकट भी मिले | उनका एक एक कान कटा हुआ था | लेकिन पानी में पड़े होने के कारण वहां खून के धब्बे नहीं थे |

उनमें से एक लाश पुरुष की थी और एक स्त्री की | स्त्री की लाश की शक्ल देख कर शरलॉक के चेहरे पर कुछ अजीब से भाव आये | वो उसे पहचानने की कोशिश कर रहा था |

"इन दोनों के सिर पर हेड इंज्युरीज हैं | किसी भारी चीज से इनके सिर पर वार किये गये हैं | शायद यही इंज्युरीज इनकी मौत की वजह बनी

हों |" शरलॉक ने क्लीयर किया फिर बोला – "लेकिन यह तय है कि इस लेडी की लाश देख कर मिस सूसन को बड़ा दिमागी झटका लग सकता है |"

शरलॉक होम्स ने झील में खड़ी बोट्स की तरफ देखा | बोट्स किनारे पर रस्सियों से बंधी हुई खड़ी थीं | बोट्स में उन्हें चलाने के लिये चप्पू मौजूद थे | लेस्टरेड हैरानी से शरलॉक की कार्य प्रणाली को देख रहा था | शरलॉक ने सभी बोट्स का मुआयना किया | उनके चप्पुओं को ध्यान से देखा |

यह सब करते हुए उसके होंठों पर एक अजीब सी मुस्कान आ गई | शायद शरलॉक सोच रहा था कि हत्यारा कितना भी शातिर और चालाक क्यों ना हो, 'चूकें' करता ही है और शरलॉक का काम ऐसी 'चूकों' और 'भूलों' की तलाश करना ही था क्योंकि यदि 'चूकों' और 'भूलों' तक उसकी पहुंच हो गई तो फिर अपराधी भी उसकी पकड़ से दूर नहीं हो सकते थे |

"शरलॉक क्या तुम इस केस से जुड़े किसी क्लू को पा गये हो ?" लेस्टरेड इस केस के बारे में और जानने को बेचैन नजर आया |

"मिस्टर लेस्टरेड ! एक डॉक्टर रोग के सिम्पटम्स जानकर रोग की पहचान तो कर लेता है लेकिन जब तक फाईनल रिपोर्ट उसके हाथों में ना हों वो रोग को कन्फर्म नहीं कर सकता | इस केस की कई सच्चाइयों को मैं जान चुका हूं | लेकिन अभी मैं बिना कुछ और सबूतों के अपनी बात को पक्के रूप से आपको नहीं बता सकता | आप मुझे पोस्टमार्टम की रिपोर्ट दें | मुझे उम्मीद है कि शायद मैं उसी वक्त आपको इस केस की सारी सच्चाइयों से रूबरू करवा दूंगा |"

इसके बाद शरलॉक और डॉ. वाटसन वहां नहीं रुके और वहां से अपनी गाड़ी द्वारा सीधे हार्बर चले गये जहां आधा-पौना घंटा व्यतीत करके के बाद वे सीधे होटल चले गये | उसी शाम उन्हें एल्गर का भेजा हुआ टेलीग्राम भी मिल गया जिसका शरलॉक को बड़ी बेसब्री से इन्तजार था | डॉ. वाटसन समझ चुके थे कि काम एक बार फिर से शुरू हो चुका है और उनका आराम करने का मकसद एक बार फिर से धराशायी होने वाला है |

अपने संदेश में एल्गर ने लिखा था –

"डीयर शरलॉक !

आपके कहानुसार मैं मैरी के घर गया था लेकिन उसके घर पर ताला पड़ा था | आसपास के लोगों से पूछताछ करने पर पता चला कि मैरी तीन

दिन से घर नहीं लौटी थी | उसका पति जेम्स ब्राउनर शिप की अपनी ड्यूटी पर होने के कारण नहीं मिल सका !"

– एल्गार !

शरलॉक को जैसे इसी टेलीग्राम की ही प्रतीक्षा थी | उसने डॉ. वाटसन की तरफ मुस्करा कर देखा – "एक डिटेक्टिव हमेशा एक्टिव रहता है | उसकी जिंदगी में आराम का कोई पल तय नहीं होता...|"

"...कभी-कभी वही एक पल केस को सॉल्व करने में मददगार सिद्ध हो सकता है |" डॉ. वाटसन ने जैसे अपने हथियार डालते हुए कहा – "आई नो... आई नो ! मैं तैयार हूं !"

शरलॉक उसकी बात सुन कर मुस्कराया | दोनों तुरन्त टेलीग्राफ ऑफिस पहुंचे | शरलॉक ने लेस्टरेड को एक टेलीग्राम दिया | शरलॉक ने उसमें लिखा कि –

"मैरी का पति मिस्टर ब्राउनर 'मे-डे' शिप पर है | 'मे-डे' जैसे ही कल शाम को वापस लौटे, मिस्टर ब्राउनर को तुरन्त गिरफ्तार कर लिया जाये |"

लेस्टरेड को टेलीग्राम देने के बाद शरलॉक ने निश्चिंतता की सांस लेकर कहा – "अब हम आराम से डिनर कर सकते हैं और नींद ले सकते हैं |"

अगले दिन उन्हें जैसे ही लेस्टरेड का भेजा टेलीग्राम मिला, दोनों पुलिस स्टेशन जाने के लिये निकल पड़े | लेस्टरेड ने शिप से उतरते ही ब्राउनर को अरैस्ट कर लिया था | पुलिस स्टेशन पहुंचने पर लेस्टरेड ने उन्हें बताया कि ब्राउनर ने बिना किसी प्रतिवाद के खुद को सरेंडर कर दिया था |

शायद वो समझ गया था कि अब खेल खत्म हो चुका है और अब वो अपने जुर्म से जितना इनकार करेगा पुलिस की उतनी ही यातना उसे झेलनी पड़ सकती है | शरलॉक ने देखा कि ब्राउनर लम्बे चौड़े डील डोल का उसी हुलिये के व्यक्तित्व का गंजा आदमी था जैसा बोट क्लब के इंचार्ज ने बयान किया था | ब्राउनर एक स्टूल पर बैठा था | लेस्टरेड ने उनके लिये चाय ऑर्डर कर रखी थी |

शरलॉक ने चाय सिप करते हुए झील में मिली लाशों की पोस्टमार्टम रिपोर्ट देखी | फिर उसने लेस्टरेड से उस गत्ते के डिब्बे को लाने को कहा,

जो इस केस की अहम कड़ी था | लेस्टरेड ने उस पार्सल को लाकर टेबल पर रखा |

अब बारी शरलॉक की थी | लेस्टरेड के साथ ही ब्राउनर भी यह रहस्य जानने को उत्सुक था कि आखिर शरलॉक ने उस केस को कैसे क्रैक किया था?

शरलॉक ने कहना शुरू किया _ "मैंने कहा था कि इस पार्सल पर एक विशेष टाइप की गांठ लगाई गई है | इस गांठ को देखते ही मैं समझ गया था कि मेडिकल के स्टुडेंट्स इस घटना में इन्वॉल्व नहीं हो सकते | ऐसी गांठ मिस्टर ब्राउनर जैसा कोई नाविक ही लगा सकता है |

फिर जब मिस सूसन ने मुझे मिस्टर ब्राउनर और फेयरबेर्न के बारे में बताया तो मेरा ध्यान उन दोनों की तरफ गया | लेकिन दरिंदगी भरा वह काम केवल किसी एक इंसान का ही था | झील में मिली स्त्री की लाश पहचान के काबिल नहीं थीं | लेकिन मुझे शक था कि वो मिस सूसन की दोनों बहनों में से एक की थीं |

मैंने बॉक्स में मिले कान और मिस सूसन के कान को ध्यान से देखा था | दोनों कानों में काफी समानता थी | मुझे लगा कि ये कटा हुआ कान मिस सूसन की किसी बहन का हो सकता है | बायोलॉजिकली अक्सर भाई-बहनों के शारीरिक अंगों में इस तरह के मेल होते हैं |

इसलिये झील में मिली कान कटी लाश देखते ही मुझे उसके मैरी या साराह दोनों में से एक के होने का शक हुआ लेकिन मैं इस बारे में आश्वस्त होना चाहता था | इसकी तहकीकात करने हम साराह के घर पहुंचे | साराह बीमार थी | यानी यह कन्फर्म हो गया कि वो जिन्दा थी | यानी अब हमें उससे मिलने की भी कोई जरूरत नहीं थी क्योंकि वो जिन्दा है या नहीं यही पता करना ही हमारा उद्देश्य था |

तब मैंने अपने एक जासूस मित्र एल्गर को लिवरपूल में रह रही मैरी का पता लगाने का काम सौंपा | उसके जवाब के बाद मेरा संदेह पक्का हो गया कि झील में मिली लाश मैरी की ही थी क्योंकि वो तीन दिन से गायब थी और मिस सूसन को मिले बॉक्स में उसी का कान काट कर रखा गया था |

पहले मेरा शक लिवरपूल में ही रहने वाले मैरी के दोस्त फेयरबेर्न पर भी गया था क्योंकि वो भी नेवी में स्टीवर्ड था | शादी से पहले उसके मैरी के साथ अच्छे रिलेशन थे | मिस सूसन को भेजे गये पार्सल में वो भी ऐसी गांठ लगा सकता था | लेकिन झील में खड़ी बोट्स की जांच में मैंने एक बोट में खून के धब्बे देखे | एक दूसरी बोट के चप्पू के अगले हिस्से पर मैंने खून के दाग देखे |

क्लब हॉउस के इंचार्ज ने एक हट्टे-कट्टे बलिष्ठ गंजे आदमी का जिक्र किया था जो मैरी और उसके साथ गये उसके दोस्त के बोट लेकर जाने के बाद में बोट लेकर गया था और फिर जल्दी ही लौट आया था | वह इंसान फेयरबेर्न नहीं था | क्योंकि हार्बर में मे-डे के ऑफिस में ब्राउनर की 'और' जांच के बाद यह कन्फर्म हो गया कि बाद में बोट लेकर जाने वाला गंजा शख्स ब्राउनर ही था |

यानी कन्फर्म हो चुका था कि वही हत्यारा था | वहीं से मुझे उसके बारे में और जानकारी भी मिली! जैसे वो अक्सर मैरी से झगड़ता था | हत्या वाले दिन जब ब्राउनर शिप की खराबी के कारण जल्दी घर लौट आया तो उसने अपनी पत्नी मैरी को तैयार होकर कहीं जाते हुए पाया | ब्राउनर को उसकी गतिविधियों पर शक हुआ |

उसने मैरी का पीछा किया और मैरी को फेयरबेर्न से मिलते देख कर उसका खून खौल गया | दोनों एक ट्रेन से ब्राईटोन जा रहे थे | मौसम काफी ठंडा व धुंध भरा था | दोनों ने वहां एक बोट किराये पर ली और बोटिंग के लिये निकल गये | ब्राउनर क्रोध से जबड़े भींचे लगातार उनका पीछा कर रहा था |

उसे मैरी की बेवफाई पर उससे नफरत हो रही थी | उसका दिल किया कि इसी समय जाकर उसका गला दबा दे | उसने एक बोट ली और उनके पीछे-पीछे उनकी बोट तक जा पहुंचा | उसे देखते ही मैरी और फेयरबेर्न के होश जरूर उड़ गये होंगे |

गुस्से में ब्राउनर ने हाथ में पकड़े भारी-भरकम चप्पू का जबर्दस्त वार फेयरबेर्न की खोपड़ी पर किया | उसकी खोपड़ी भीतर से दो टुकड़ों में बंट चुकी थी | वो खून से लथपथ हो गया था | खून बोट में भी फ़ैल गया | चप्पू के जोरदार प्रहार से उसकी तुरन्त ही मौत हो गई | गुस्से में फुंफकारते ब्राउनर ने वहीं बस नहीं लिया |

उसने वैसा ही मैरी के साथ भी किया | चप्पू के एक और जोरदार प्रहार से मैरी की भी मौत हो गई | उसने दोनों लाशों का एक-एक कान काट लिया और फिर लाशों को पानी में फेंक दिया | उसने बोट और चप्पू पर लगे खून के धब्बों को धोने की भी कोशिश की |

पोस्टमार्टम रिपोर्ट से भी यह साबित हो चुका था कि लाशों के पेट में पानी नहीं पाया गया था जिसका मतलब था कि उन्हें मार डालने के बाद ही पानी में डम्प किया गया था क्योंकि उन्हें डुबो कर मारा गया होता तो फिर हत्यारा पानी में जाकर झील में डूबी हुई लाश के कान नहीं काटेगा |

क्यों मिस्टर ब्राउनर ? प्राप्त सबूतों के आधार पर क्या मेरी कहानी सही है ?" शरलॉक स्टूल पर बैठे आराम से चाय का अंतिम सिप खत्म करते ब्राउनर की तरफ देखते हुए बोला | लेस्टरेड और डॉ. वाटसन भी उसकी तरफ देखने लगे |

"आपकी इन्वेस्टिगेशन कमाल की है मिस्टर शरलॉक होम्स !" ब्राउनर अपने अपराध और सजा से जरा भी भयभीत नहीं था बल्कि वो शरलॉक की तारीफ़ करते हुए बोला – "आपने पूरी कहानी ऐसे बयान की है जैसे खुद अपनी आंखों से पूरा क्राईम होता देखा हो |

हां ! मैंने वे कत्ल किये हैं।" अचानक वो बिफर पड़ा - "मुझे अपना अपराध स्वीकार करने में कोई शर्म या हिचक नहीं हो रही क्योंकि मैं मैरी से प्यार करता था। मैरी मेरी पत्नी थी। दूसरे पतियों की तरह मैं भी उससे वफादारी की उम्मीद रखता था। पर उसने मेरे विश्वास को ठेस लगाई।

उसके और मेरे बीच मिस-अंडरस्टेंडिंग तब शुरू हुई जब एक बार उसकी बहन साराह हमारे यहां रहने आई। इसी बीच वो मुझे चाहने लगी लेकिन मैंने उसके प्यार को एक्सेप्ट नहीं किया – 'तुम पागल हो गई हो ! तुम जानती हो कि मैं तुम्हारी बहन का पति हूं।'

'तुम उसे तलाक दे सकते हो !' 'वो झल्लाई फिर चिल्लाई।'

'मैं उसे प्यार करता हूं ! मेरी फीलिंग्स को समझो ! जैसे तुम मुझे पाना चाहती हो, मैं भी उसे खोना नहीं चाहता !'

'अगर प्यार का नाम पाना ही है तो मैं भी तुम्हें खोना नहीं चाहती।' 'वो आपे से बाहर हो रही थी।'

"मैं अपनी पत्नी को धोखा नहीं देना चाहता था।" ब्राउनर ने आगे कहा – "वो मेरे प्यार में पूरी तरह पागल थी। मैंने उसे समझाने की कोशिश की लेकिन वो कुछ सुनने को तैयार ना थी। वो नाराज होकर चली गई। यहीं से प्रॉब्लम शुरू हो गई।

उसने मैरी के दिमाग में मेरे खिलाफ जहर भरना शुरू कर दिया। उसने मैरी के दिमाग में यह भर दिया कि उसका जिगरी दोस्त फेयरबेर्न ही उसके लिये परफेक्ट इंसान था। मैंने पाया कि मैरी मुझे इग्नोर करके फेयरबेर्न से नजदीकियां बढ़ाने लगी है। मेरी चेतावनियों के बाद भी वो ऐसा करने से बाज नहीं आई।

उन्होंने शादी करने का फैसला कर लिया था। फिर जब उस दिन मैंने मैरी को फेयरबेर्न से मिलते देखा तो मैं खुद पर काबू नहीं कर सका। मैंने फेयरबेर्न को मार डाला।"

"लेकिन जब तुम अपनी पत्नी से इतना प्यार करते थे तो फिर तुमने उसे क्यों मार डाला ?" इंस्पेक्टर लेस्टरेड ने उसे टोका |

"नहीं ! मैं उसे नहीं मारना चाहता था | मैं इतने पर भी उसे माफ करने को तैयार था |" सहसा उसके जबड़े सख्ती के साथ भिंच गये –

"लेकिन फेयरबेर्न की मौत के बाद जब वो उसकी लाश पर गिर कर फूट-फूट कर रोने लगी तो उसके प्रति उसका लगाव देख कर मैं गुस्से से पागल हो उठा | मेरा प्यार उसके लिये सच्चा था लेकिन वो एक गैर मर्द की मौत पर ऐसे रो रही थी जैसे वही उसका सब कुछ था | ये मेरे लिये एक्सेप्टेबल नहीं था | बिल्कुल भी नहीं |

शायद किसी भी आदमी के लिये एक्सेप्टेबल नहीं होगा | हां ! मैंने उसे मार डाला | सबक सिखाने के लिये मैंने वो कटे हुए कान मिस सूसन को नहीं, बल्कि साराह को भेजे थे, जो उस समय वहीं थी ताकि वो भी देख ले कि जो जहर उसने अपनी बहन के कच्चे कानों में उड़ेला था, उसका अंजाम क्या हुआ | लेकिन बीमारी के कारण वो उस वक्त वहां से चली गई थी और मेरा भेजा हुआ पार्सल मिस सूसन को रिसीव करना पड़ा जबकि इस सब से उस बेचारी का कोई लेना देना नहीं था |"

"मिस्टर ब्राउनर ! अगर तुम अपनी पत्नी को माफ ही करना चाहते थे तो उसे डिवोर्स दे देते | इस प्रकार तुम इस खौफनाक अपराध को करने और इसकी सजा से बच जाते |"

ब्राउनर को जेल भेज दिया गया | मिस सूसन को केस सॉल्व हो जाने की सूचना दे दी गई | अपनी एक बहन की करतूत और दूसरी की मौत का उसे बेहद अफ़सोस था | वो ब्राउनर और फेयरबेर्न के लिये भी दुखी थी | केस सॉल्व हो चुका था | तब शरलॉक और डॉ. वाटसन जाने के लिये उठ खड़े हुए | इंस्पेक्टर लेस्टरेड ने दोनों का शुक्रिया अदा किया फिर उनसे हाथ मिलाते हुए मुस्करा कर बोला – "अरे ! आप कहां जा रहे हैं ? अभी मेरे पास एक और इंट्रेस्टिंग किडनेपिंग का केस भी है ...!"

"हां ! और मैं जानता हूं कि तुम उसे अच्छी तरह से हेंडल कर सकते हो ?" आगे के शब्दों को शरलॉक होम्स ने जब मुस्कराते हुए पूरा किया तो लेस्टरेड भी मुस्कराये बिना नहीं रह सका |

डॉ. वाटसन एक कप गर्म कॉफी पीना चाहते थे | शरलॉक होम्स ने अपना पाईप सुलगाया और उसके कश लेते हुए वो उसके साथ पास के कॉफी हाउस की तरफ चल पड़ा |

इतनी मशक्कत के बाद ... एक कप कॉफी तो बनती है |

❑

ये तस्वीर मैं रखूंगा !

(A scandal In Bohemia)

सन 1888 ! मार्च महीने का वो तीसरा हफ्ता था | रात अंधेरी थी लेकिन ठंडी हवा के झौंके उसे खुशनुमा बनाये हुए थे | आकाश में बादल छाये हुए थे | बीच-बीच में गरज कर बादल अपनी उपस्थिति का आभास दे देते थे | चंद्रमा भी जैसे बादलों के बीच छुपन-छुपाई का खेल खेल रहा था | उसकी सफेद रौशनी से कभी वातावरण रोशन हो उठता तो कभी फिर से गहरा जाता था |

ऐसे में घोड़े की टापों के स्वर सुमधुर संगीत सा पैदा करते हुए गूंज रहे थे |

'टिक टाक ! टिक टाक !'

घोड़ों की टापों के स्वरों में एक अदभुत आकर्षण सा हमेशा होता है | इनकी लयबद्ध ताल को हर कोई सुनना पसंद करता है | डॉ. वाटसन उस घोड़ा गाड़ी में सवार थे | उनका कोच घोड़ा गाड़ी को हांक रहा था | पीछे बैठे डॉ. वाटसन किन्हीं सोचों में गुम थे | वे अपने पेशेंट को देखने के बाद घर वापस लौट रहे थे |

वे अपने मित्र शरलॉक होम्स के बारे में सोच रहे थे | वे खुद केवल एक डॉक्टर थे | इस पेशे के कारण उनका सम्बन्ध केवल अपने पेशेंट्स के साथ ही अधिक था | कौन उन्हें जान पाता ? लेकिन आज हर कोई उन्हें पहचानता था | उन्हें जानता था | वे भी जानते थे कि वे लोगों के बीच में बेहद प्रसिद्ध हैं |

लोग उन्हें पसंद करते हैं | भीड़ उन्हें देख कर ऐसे ही हाथ हिलाती है जैसे कोई बेहद प्रसिद्ध हस्ती वहां से गुजर रही हो | यह सब उनके प्रोफेशन के कारण नहीं था | इस सब के पीछे था शरलॉक |

मास्टर डिटेक्टिव शरलॉक होम्स !

शरलॉक होम्स के बारे में सोचते ही डॉ. वाटसन के होंठों पर एक प्यारी सी मुस्कान आ गई | बहुत समय तक शरलॉक से मुलाकात नहीं हो पाई थी |

वास्तव में अपनी शादी के बाद वे कभी-कभी किसी फंक्शन इत्यादि में ही उनसे मिल पाते थे | शरलॉक भी कभी समय-बेसमय उनसे मिलने की कोशिश नहीं करते थे ताकि कहीं वे अपने डॉक्टरी के प्रोफेशन के चलते इस बेवजह मुलाक़ात से परेशान ना हों |

सहसा घोड़ा गाड़ी के रास्ते में कोई गड्ढा आ गया जिसे कोचवान ने शायद समय रहते देख लिया था | उसने एक झटके के साथ घोड़ों की लगामें खींचीं जिससे गाड़ी एक झटका खा कर उस गड्ढे से बचती हुई आगे बढ़ती चली गई | इस झटके के साथ डॉ. वाटसन की तंद्रा भंग हुई | उन्होंने अपनी जेब में हाथ डाल कर चेन से लटकी घड़ी बाहर निकाली | इस समय चंद्रमा की रौशनी थी | उन्होंने ध्यान से घड़ी में समय देखा | यह शाम के 7.20 का समय था |

शाम गुलाबी थी | यादें भी गुलाबी थीं | यादें जब मन पर हावी होती हैं तो मन उन यादों से जुड़े इंसान की तरफ खिंचता है | फिर या तो मन 'उस' तक पहुंचता है या फिर 'खुद' वो इंसान ! डॉ. वाटसन शरलॉक से मिलने को बेताब नजर आये | उन्होंने अपने कोचवान को बेकर स्ट्रीट से होकर गुजरने को कहा जहां शरलॉक होम्स रहते थे | जल्दी ही उनकी गाड़ी शरलॉक के घर के सामने थी |

उन्होंने शरलॉक के घर की तरफ निगाहें उठाईं तो खिड़की के शीशे के पार दिखती उस परछाई को देख कर डॉ. वाटसन रोमांचित हो उठे, जो एक इंसान की थी | उस इंसान की जिससे मिलने के लिये वे बेकरार थे | लेकिन शरलॉक खुद भी अपने स्टडी रूम में बेकरारी से इधर से उधर, उधर से इधर चहल-कदमी कर रहे थे | इसका एक ही मतलब हो सकता था कि वे किसी गम्भीर समस्या पर गहरे चिंतन में हैं |

चहल-कदमी की इस अवस्था में कोई इंसान कुछ डिसाईड करने की कोशिश कर रहा होता है | दिमाग व्यस्त होता है | लेकिन शरलॉक का दिमाग कब व्यस्त नहीं होता था ?

उलझनें अक्सर उनके दिमाग के दरवाजे को खटखटाती रहती थीं | शरलॉक के दरवाजे भी उनके लिये हमेशा खुले थे | वे जानते थे कि इन्हीं

उलझनों के कारण ही वास्तव में वे शरलॉक होम्स हैं जिन्हें उन्हें सुलझाना होता है |

डॉ. वाटसन अपनी गाड़ी से उतर कर शरलॉक के घर के अंदर पहुंचे | उन्हें देख कर शरलॉक होम्स चौंक पड़े | उनके चेहरे पर एकाएक ही खुशी दिखाई पड़ने लगी | मुंह से आश्चर्य के साथ निकला – "ओह डॉ. वाटसन ! यह तुम हो ! व्हाट ए सरप्राईज ! मुझे यकीन नहीं हो रहा कि तुम मेरे सामने हो ? नहीं ! नहीं ! तुम यहां नहीं हो ! ओह ! ऐसा शायद इसलिये हो रहा है कि कुछ देर पहले मैं तुम्हारे बारे में सोच रहा था |"

"ऐसा इसलिये है दोस्त क्योंकि कहावत है कि दिल को दिल से राहत होती है | हम दोनों ही वास्तव में एक–दूसरे से मिलने के बारे में सोच रहे थे !" डॉ. वाटसन ने मुस्कराते हुए कहा | दोनों बड़ी गर्मजोशी के साथ मिले|

"और यह क्या ! तुमने अपना क्या हाल बना लिया ?"

"क्यों ? क्या हुआ ?"

"अपने पांवों पर थोड़ा रहम तो खाया होता भई ! इसके ऊपर तुम्हारे शरीर का वजन बहुत बढ़ चुका है ?" शरलॉक मजाक के मूड में था |

"ओह ! हाहाहा !" दोनों खुल कर हंसे |

"अच्छा अब ये बताओ कि इस समय तुम कर क्या रहे हो ?"

"क्या मतलब है भाई ? इतने दिनों बाद तुमसे मिल रहा हूं |"

"नहीं ! मेरा मतलब वह नहीं था | मेरा मतलब था कोई केस इत्यादि ? एक्चुअली बोर हो गया हूं यार ! तुम्हारी कम्पनी चाहता हूं !"

"ओहो ! तो ये बात है ! फिर तो तुम एकदम ठीक वक्त पर यहां आये हो |" शरलॉक ने मुस्कराते हुए जेब से एक लिफाफा निकाल कर डॉ. वाटसन की तरफ बढ़ा दिया – "लो ! इसे पढ़ो |"

डॉ. वाटसन ने लिफ़ाफ़े को खोल कर उसमें से एक कागज निकाला और उसे पढ़ने लगे | बड़ी ही रहस्यपूर्ण भाषा में लिखा था –

"डीयर मिस्टर शरलॉक होम्स ! इन्वेस्टिगेशन के क्षेत्र में आपकी शानदार सफलता के बारे में पूरे यूरोप में कौन नहीं जानता | हम स्वयं भी आपकी योग्यता के कायल हैं | आज फिर आपको अपनी योग्यता प्रूव करनी

होगी | अब से कुछ देर बाद शाम ठीक सात बज कर पैंतालीस मिनट पर कोई आपके सामने होगा | लेकिन इस केस को भी आपको अपने पहले के केसों की तरह सफलता और पूरी गोपनीयता के साथ सॉल्व करना होगा | और ध्यान रहे ! आपको कॉल करने वाला एक मास्क पहने होगा | कृपया यह जानने की हरगिज कोशिश ना करें कि मास्क के नीचे वो कौन है ? तो तैयार रहें उसका स्वागत करने और उसे अपनी बेहतर सर्विस दे कर एक बार फिर से अपनी योग्यता को सिद्ध करने के लिये | धन्यवाद !"

"ये लैटर तो बड़ा सस्पेंस क्रियेट कर रहा है !" डॉ. वाटसन ने शरलॉक होम्स की तरफ देखते हुए पूछा – "कमाल है ! आखिर यह इंसान तुमसे मिलते समय मास्क पहन कर रहस्यमय क्यों बने रहना चाहता है ?"

"निसंदेह ! अपनी पहचान छुपाने के लिए !" शरलॉक उठ कर डॉ. वाटसन के सामने आ बैठा – "और हमारा भी यह फर्ज बनता है कि हम उसकी भावनाओं की कद्र करते हुए ऐसा करें | वैसे भी केस का पर्दाफाश करने के लिये यह हमारी ड्यूटी भी बनती है |"

"लेकिन शरलॉक... ऐसे पत्रों का मिलना तो तुम्हारे लिये एक सामान्य सी बात है ! केवल इतनी सी बात तुम्हें इतना बेचैन नहीं कर सकती कि तुम बेचैनी में इधर से उधर और उधर से इधर डोलते फिरो ! मामला कुछ और भी है ?" डॉ. वाटसन ने शंकित निगाहों से शरलॉक को घूरते हुए पूछा|

शरलॉक ने आगे कहा – "इस पत्र को पढ़ते हुए इसे ध्यान से देखते तो तुम भी मेरी बेचैनी को समझ जाते डॉ. वाटसन ! खैर ! ये बताओ कि तुमने इस पत्र में क्या खास बात नोट की ?"

डॉ. वाटसन ने पत्र को उलट-पुलट कर देखा फिर खुलासा करते हुए बोले – "खास बात तो यही लग रही है कि पत्र में इस्तेमाल किया गया कागज कुछ महंगी क्वालिटी का है |"

"अब इसे रौशनी की तरफ उठा कर देखो |"

डॉ. वाटसन कुछ भी ना समझ पाने की मुद्रा में उस कागज को प्रकाश की तरफ उठा कर देखने की कोशिश करने लगे | वे यह देख कर हैरान रह गये कि वहां अब कुछ और शब्द भी दिखाई पड़ने लगे थे | जैसे 'कैपिटल लैटर' में लिखा हुआ अंग्रेजी का शब्द 'इ' (E) और स्माल लैटर में लिखा हुआ अंग्रेजी का शब्द 'जी'(g) |

कैपिटल में लिखा हुआ अंग्रेजी का शब्द 'पी' (P) और इसके साथ ही कैपिटल का 'जी' (G), जो कि पत्र के मैटर में पढ़े जाते अंग्रेजी के एक स्माल लैटर 'टी' (t) की एकदम पृष्ठभूमि में लिखा हुआ दिख रहा था | इससे प्रकाश में उठा कर देखने से वो दोनों शब्द मिल कर अर्थात कैपिटल का 'जी' (G) और स्माल लैटर 'टी' (t) साथ-साथ लिखे हुए से दिखते थे | अर्थात 'जी' 'टी' (Gt) | यह सभी लैटर पेपर पर ऐसे छपे हुए थे जैसे उन्हें पेपर के साथ ही प्रिंट किया गया हो |

"ओह ! तो इसका मतलब तुम इस पहेली को हल करने में लगे थे | क्या इसमें कोई रहस्य है ? म...मुझे तो ये पहेली नहीं लग रहा | मुझे तो ये इस पेपर कम्पनी के 'लोगो' या 'प्रतीक' (emblem) जैसा कुछ लग रहा है |" डॉ. वाटसन अपनी बात कहते हुए कुछ शंकित थे क्योंकि वो जानते थे कि शरलॉक की आंखें उन शब्दों में छुपे रहस्य को देख व समझ चुकी होंगी जबकि वे स्वयं अभी तक उन शब्दों के रहस्य को नहीं समझ पाए थे |

शरलॉक की यही क्वालिटी तो उसे शरलॉक बनाती थी कि जो नहीं दिख रहा वे उसे भी देख लेते थे | शरलॉक उन शब्दों के जरिये यह जानने की कोशिश कर रहे थे कि पत्र आखिर कहां से भेजा गया है ? डॉ. वाटसन उन शब्दों का रहस्य जानने को बेचैन दिखाई पड़ने लगे थे | शरलॉक को चुप देख कर डॉ. वाटसन ने कहा – "अब कुछ बताओ तो सही ?"

"अंग्रेजी के कैपिटल लैटर 'जी' (G) और स्माल लैटर 'टी' (t) का असली मतलब 'गिसेल्सक्राफ्ट' (Gesellscraft) से है | यह शब्द जर्मन भाषा से लिया गया है | कैपिटल 'जी' और स्माल 'टी' (Gt) इस पूरे जर्मन शब्द की शोर्ट फॉर्म है यानी एब्रीवियेशन | ठीक वैसे ही जैसे कम्पनी के लिये एब्रीवियेशन में सीओ. (co.) लिखा जाता है |

कैपिटल 'पी' (P) से मतलब पेपिअर (pepier) से है | और इसमें जो कैपिटल 'इ' (E) और स्माल 'जी' (g) शब्द हैं यानी 'इ' 'जी' (Eg) उनका मतलब एगरिया (Egria) से है | इन सब से जो अर्थ निकल रहा है वो मेरे अनुमान से ये है कि एक कंट्री है जहां पर जर्मनी की भाषा बोली जाती है | यानी बोहेमिया |" शरलॉक ने एक बहुत पुराने यूरोपियन यंत्र की मदद से इन शब्दों को डीकोड करने में सफलता पा ली थी |

"मतलब तुम कहना चाहते हो कि यह पत्र किसी जर्मन द्वारा लिखा गया है ?" डॉ. वाटसन प्रभावित दिखे |

"हां ! उसने पत्र लिखते हुए बोहेमियन कागज का इस्तेमाल किया है | इसका एक कारण और भी है | उसकी भाषा | जर्मन अपनी बातचीत में कुछ 'क्रूड' अर्थात ऐसी भाषा का इस्तेमाल करते हैं जिसे हम तुम जैसे सभ्रांत लोग आसानी से पचा नहीं पाते | इसी से पता चलता है कि इसे किसी जर्मन भाषी ने लिखा है क्योंकि फ्रेंच या रशियन लोग इस तरह की 'रुड' भाषा का प्रयोग नहीं करते |"

अभी वे बातें कर ही रहे थे कि बाहर उन्होंने घोड़ों की टापों के स्वर सुने | शरलॉक ने घड़ी की तरफ देखा | सात बज कर चवालीस मिनट हो चुके थे |

"वो आ गया !" डॉ. वाटसन ने जल्दी से कहा |

"तुम ठीक समझे !" शरलॉक ने भी जल्दी से हामी भरी |

कुछ ही देर में वो अजनबी हवा के झौंके के समान भीतर आता दिखाई पड़ा | वो करीब पच्चीस-तीस के बीच की किसी उम्र का चौड़े चेहरे, लम्बे

कद और भारी शरीर का व्यक्ति था | उसने हैट पहना हुआ था | उसके हैट के किनारे शनि ग्रह की तरह रिंग सा बनाते हुए बाहर को निकले हुए थे |

उसके चेहरे पर बड़े ही सख्त भाव थे या फिर वो जानबूझ कर ऐसे ही भाव शो कर रहा था | उसने ओवर कोट पहना हुआ था | और जैसा कि उसने अपने पत्र में लिखा था | उसके हुलिये की वही खास बात थी | उसका काला मास्क | जिसने उसकी आंखों के आसपास के पूरे चेहरे को ढका हुआ था | हिंदी फिल्मों के सुपर हीरो 'कृष' के समान |

उसने आते ही दोनों को घूरते हुए सख्त से स्वर में कहा – "मेरा भेजा हुआ लैटर तुम्हें मिल गया होगा ?"

"हां ! आपका स्वागत है !" शरलॉक ने कुर्सी की तरफ इशारा करते हुए उसे बैठने को कहा लेकिन बैठने की जगह उसकी निगाहें तत्काल डॉ. वाटसन पर जम गईं – "मैंने तुमसे कहा था कि हमारा मामला अत्यंत गोपनीय है | मैं तुमसे अकेले में ही बात कर सकता हूं मिस्टर शरलॉक |"

उसके मुंह से ऐसा सुनते ही डॉ. वाटसन वहां से जाने के लिये पलट गये |

"ओह ! गलती मेरी है ! मैं आपको इनसे मिलवाना भूल गया | इनसे मिलें | ये मेरे अजीज दोस्त डॉ. वाटसन हैं |" शरलॉक होम्स ने आगे बढ़ कर डॉ. वाटसन के हाथ पकड़ लिये और उन्हें कुर्सी की तरफ लगभग धकेलते हुए से उन्हें वहीं बैठने पर मजबूर कर दिया | वाटसन अपनी जगह से हिल भी नहीं पाये |

शरलॉक ने आगे कहा – " वाटसन लगभग हर केस में मुझे 'असिस्ट' करते हैं | हमारा चोली-दामन का साथ है | अगर 'मैं' मेरी इन्वेस्टिगेशन का 'शरीर' हूं तो डॉ. वाटसन उसकी 'आत्मा' | बुरा ना मानें | अगर मैं 'हवा' हूं तो वाटसन उस हवा में 'ऑक्सीजन' का तत्व हैं | डोंट माईंड ! लेकिन आप इन पर भी उतना ही विश्वास करें, जितना आप मुझ पर करते हैं | वैसे बाई-द-वे... आपका नाम जान सकता हूं ?"

वाटसन का परिचय देते हुए शरलॉक के उस आत्मविश्वास के कारण अब तक मास्क धारी समझ चुका था कि वो उन्हें जाने की जिद्द पर अड़ा नहीं रह सकता था | उसने तुरन्त कहा – "मैं बोहेमिया से आया हूं | तुम मुझे काउंट वोन करैम पुकार सकते हो |"

"मास्क पहन कर मिलने के पीछे कोई खास वजह ?"

"मैं जिसके लिये काम करता हूं वो चाहता है कि मैं मास्क पहन कर ही आपसे मिलूं |"

"मैंने भी यही अनुमान लगाया था |"

"मैंने तुम्हें पत्र में भी आगाह किया था | मेरे मास्क की बजाये तुम केस की तरफ ध्यान दो |" उसके शब्दों में पहले की तरह ही कठोरता थी – "मैं फिर से तुम्हें बता दूं कि जो केस मैं तुम्हारे सुपुर्द करने जा रहा हूं वो बहुत सावधानी से और पूरी गोपनीयता के साथ तुम्हें सॉल्व करना है | यह बोहेमिया के राज-घराने के मान-सम्मान से जुड़ा हुआ बहुत ही नाजुक मामला है | इसमें कोई चूक नहीं होनी चाहिये |"

"हां ! मैं पहले से जानता हूं |"

"क्या ? तुम पहले से जानते हो कि यह मामला बोहेमिया के राजघराने से जुड़ा होगा |" वो हैरानी से बोला था |

"नहीं ! पहले मैं केवल बोहेमिया के बारे में ही जानता था | अब मैं जानता हूं कि यह राजघराने से भी जुड़ा है | आपके आने से पहले मैं और डॉ. वाटसन इसी बात की चर्चा कर रहे थे कि आप बोहेमिया से होंगे, योर मैजेस्टी !"

डॉ. वाटसन ने मुस्कराते हुए मास्कधारी के आगे उस पहचान के कारणों का रहस्योद्घाटन किया तो उसके चेहरे पर कई भाव आये और चले गये पर उसके हैरानी के भावों को पढ़ने के लिये उसकी आंखें खुली नहीं थीं | वो मैजेस्टी शब्द के सम्बोधन पर भी चौंका था | शरलॉक इत्मीनान के साथ खड़ा था |

तब शरलॉक ने एक विचित्र हरकत की – "अब इससे पहले कि मैं आगे कुछ कहूं, मैं चाहता हूं कि हमारे बीच में कोई पर्दा ना रहे !" कहते हुए वो अपने पांवों पर उछला और इसी के साथ उसने मास्कधारी का मास्क एक झटके से नोंच लिया – "मुझे लगता है अब इसकी जरूरत नहीं है क्योंकि मैं जान चुका हूं कि आप कौन हैं ?"

शरलॉक ने सोचा था कि वो उसकी इस हरकत से हैरान व क्रोधित होगा लेकिन अब शरलॉक के चेहरे के इत्मीनान के वही भाव आगंतुक के चेहरे पर दिखाई पड़ रहे थे | वो शांत खड़ा रहा |

उसके होंठों पर हल्की मुस्कान तैर गई थी – "सारी दुनिया में तुम्हारे नाम का सिक्का यूं ही नहीं चलता मिस्टर शरलॉक होम्स ! मैं अपनी पहचान छुपा कर तुमसे मिलना चाहता था लेकिन तुमने मुझे पहचान लिया | हैरानी की बात ये भी है कि मेरे यहां आने से पहले ही मेरे पत्र के जरिये मिले क्लूज से तुम यह बात भी जान गये थे कि मैं बोहेमिया से आऊंगा | ग्रेट ! सही बात तो ये है कि अगर मैं तुम्हारी योग्यता को 'सही' आंक रहा था तो मुझे मास्क पहन कर तुम्हारे सामने आना ही नहीं चाहिये था |"

"अपनी इस हरकत के लिये माफ़ी चाहता हूं | आप अपना मास्क वापस ले सकते हैं |" शरलॉक ने मुस्कराते हुए उसका मास्क उसे वापस किया | फिर कहा – "यदि आप राजपरिवार से जुड़े थे और अपनी पहचान छुपा कर मुझसे कोई काम करवाना चाहते थे तो आप अपने किसी आदमी को भी मास्क पहना कर मेरे पास ना भेजते क्योंकि इससे आपका वो आदमी भी आपका राज जान सकता था |

यदि वो राज इतना ही गोपनीय है तो आप कभी भी ऐसा नहीं होने देना चाहते होंगे | जब आपने कहा कि आपसे काम करवाने वाला ऐसा चाहता है कि आप मास्क पहन कर अपनी पहचान छुपा कर मुझसे मिलें तो मैं तभी समझ गया था कि ये समस्या स्वयं आपकी है और आपका सम्बन्ध राजघराने से है |"

तब आगंतुक ने आगे कहा – "तुम ठीक समझे | मैं किंग ऑफ बोहेमिया के राजसी परिवार से ताल्लुक रखता हूं | तुम मुझे विल्हेम ऑर्मस्टेन कह सकते हो |"

"आप आगे कुछ कहें उससे पहले मैं यह साफ़ कर देना चाहता हूं कि अपने काम में गोपनीयता बनाये रखना हमारे काम की भी प्रतिष्ठा का सवाल है | मैं आपको विश्वास दिलाता हूं कि आपकी जो भी समस्या है उससे जुड़ा हर राज राज ही रहेगा |"

इसके बाद तीनों निश्चिंतता के साथ बैठ गये | विल्हेम ने कहना शुरू किया – "यह उस समय की बात है जब मैं एक लड़की के प्यार में पड़ गया | उस समय मैं पच्चीस का था | आज मेरी उम्र तीस साल है | दूसरे जवां युवाओं की तरह मेरी भी कुछ उमंगें रही होंगी | वो मुझे खूबसूरत लगी होगी | मैं उसकी तरफ आकर्षित हुआ होऊंगा | मुझे याद है मैंने उससे कहा

था – 'दिस रोज इज फॉर यू ! हालांकि इसका गुलाबी रंग तुम्हारे चेहरे की रंगत के आगे बहुत फीका है |'

मेरा प्यार परवान चढ़ने लगा | प्यार सचमुच एक अदभुत आकर्षण रखता है | यदि कोई इसमें पड़ता है तो उसकी दुनिया ही अलग हो जाती है | उस वक्त सितारों को देख कर मैंने कहा था – 'आज से पहले सितारे कभी मुझे इतने हसीन नहीं लगे |'

हम साथ-साथ घूमने लगे | यहां तक कि मैंने उसके साथ कुछ फोटोग्राफ भी खिंचवाये | उस समय वह पल बहुत सुंदर थे और मेरे मुंह से निकला था – 'यह फोटोग्राफ इन सुनहरे पलों के गवाह होंगे |'

दूसरे प्रेमियों की तरह मैंने उसे लव-लैटर भी लिखे | और मेरी वही भूल आज मेरी परेशानी का कारण बन गई है |

कुछ महीनों में ही मुझे अहसास हो गया कि उसके विचार मेरे विचारों से मेल नहीं खाते थे | एक दिन उसने कहा – 'क्यों ना हम शादी कर लें | उसके बाद मैं राजघराने से जुड़ जाउंगी | लोगों के बीच मेरी भी कोई हस्ती होगी |'

'ओह ! तो क्या तुम इसलिये मुझसे शादी करना चाहती हो ?'

'हां ! तो इसमें हर्ज ही क्या है ?' मुझसे शादी की वजह उसका मुझसे प्यार होना चाहिये था |

मुझे लगा हम दोनों बिल्कुल अलग थे | हालांकि मैं एडजस्ट करने की पूरी-पूरी कोशिश कर रहा था लेकिन मेरी कोई कोशिश सफल नहीं हुई | आखिर में मैंने उससे ब्रेक-अप का फैसला किया |

हम अलग हो गये | इससे वो बौखला गई | उसमें ईर्ष्या पनपने लगी | मैं उससे जुदा हो चुका था | ईर्ष्यावश वो मुझे बदनाम करने लगी | वो मेरी छवि को नुकसान पहुंचाने लगी | उसने मेरे फोटोग्राफ और लैटर्स का इस्तेमाल मुझे ब्लैकमेल करने में करना शुरू कर दिया |"

"क्या वो आपसे धन की मांग कर रही थी ?"

"नहीं ! वो मुझे पाना चाहती है | हालांकि वो जानती है कि ऐसा मुमकिन नहीं क्योंकि मैं किंग स्केंडीनेवियन की दूसरी बेटी प्रिंसेस क्लोटिड लोथमैन से शादी कर रहा हूं | मैं नहीं चाहता कि जिस प्यार की कहानी को मैं पीछे छोड़ आया हूं वो अब प्रिंसेस के सामने आये |

यदि अब ऐसा हुआ तो उसकी निगाहों में मेरा वो विश्वास चकनाचूर हो जायेगा जो मेरी और उसकी शादी का मुख्य आधार है | तब मेरे साथ उसका व्यवहार क्या होगा मैं इसकी कल्पना तक नहीं कर सकता | वो किसी भी कीमत पर मुझसे शादी नहीं करेगी |"

"जब आपकी उससे शादी ही नहीं हुई थी तो उसके पास आपको ब्लैकमेल करने का कोई ठोस आधार नहीं है | हम उन लैटर्स और फोटोग्राफ को झूठा सिद्ध कर सकते हैं |"

"लेकिन उन फोटोग्राफ्स में वो मेरे साथ है | उन्हें झुठलाना कठिन होगा | इसके अलावा उन फोटोग्राफ को खींचने वाला स्टूडियो का मालिक भी अहम गवाह बनाया जा सकता है |"

"आपने उससे अपने फोटोग्राफ व लैटर्स वापस लेने की कभी कोई कोशिश नहीं की ?"

"मैं सोच भी नहीं सकता था कि भविष्य में वो ऐसा कुछ भी कर सकती है | प्रेमियों को सब कुछ करना चाहिये पर किसी को लव-लैटर्स नहीं लिखने चाहिये | उनके साथ फोटोग्राफ्स नहीं खिंचवाने चाहिये | जो भी करो | जो भी कहो | आमने सामने करो | कहो | पर अपने प्यार के सबूत मत छोड़ो |

वैसे तुम्हारी जानकारी के लिये बता दूं कि उन चीजों को पाने के लिये मैंने कुछ गैरकानूनी तरीकों का भी इस्तेमाल किया | जैसे कुछ चोरों और ठगों की हेल्प ली | लेकिन वो लोग उन चीजों को ढूंढ पाने में सफल नहीं हो सके | मैं नहीं जानता कि उसने उन चीजों को कहां छुपाया होगा ?"

"कमाल है ! यदि फोटोग्राफ्स उसके पास नहीं हैं तो क्या उसने उन्हें फ्रेम करके दीवार पर लगाया होगा ? मेरा मतलब है कि क्या वे फोटोग्राफ्स इस साईज के थे कि उन्हें दीवार पर लगाया जा सके ?" इस बार डॉ. वाटसन ने कहा |

"हां ! हां ! थे |"

शरलॉक होम्स ने कुछ सोचते हुए कहा – "तो आप चाहते हैं कि मैं उन फोटोग्राफ्स और लैटर्स को ढूंढ कर आप तक पहुंचा दूं ?"

"हां ! उसके बाद वो मुझे ब्लैकमेल नहीं कर पाएगी |"

"ओ. के. मिस्टर विल्हेम ! आप मुझे कुछ दिनों का समय दें | मैं अपनी तरफ से 'द बेस्ट' करने की कोशिश करूंगा |"

"कुछ दिन मतलब कितने दिन ?"

"लगभग एक सप्ताह !"

"यह बहुत ज्यादा है मिस्टर शरलॉक होम्स ! मेरी शादी को तीन दिन शेष बचे हैं | मेरी शादी को डिस्टर्ब करने के लिये वो जरूर इसी दिन उन सब चीजों का इस्तेमाल करने की कोशिश करेगी | मेरे पास तुम्हें देने के लिये केवल तीन ही दिन हैं | जो कुछ भी करना है इन्हीं तीन दिनों में करना है |"

"तब तो फिर दो ही रास्ते हैं | या तो कुछ दिन के लिये उस लड़की को ही उठा लें और तब तक बंदी बना कर रखें जब तक आपकी शादी नहीं हो जाती | या फिर उन तस्वीरों के पीछे लगें ! मैं सोचता हूं कि दूसरा रास्ता बेस्ट है क्योंकि एक लड़की को जबरन अगवा करना गैरकानूनी होगा | मेरी सेन्स उसे करने की इजाजत नहीं देती |" कहते हुए शरलॉक ने मुस्करा कर किंग की तरफ देखा |

उसकी बात सुन कर किंग के होंठों पर भी मुस्कान तैर गई – "पहले तुम दूसरा तरीका ही अपनाओ !" यह कहते हुए किंग ने एक भरा हुआ बैग शरलॉक के सामने टेबल पर रखा और बोला – "इस काम के लिये तुम्हें तीन सौ पौंड्स गोल्ड के रूप में मिलेंगे और सात सौ करेंसी के रूप में | और इसे केवल पेशगी समझना | यह काम मेरे लिये इतना मायने रखता है कि यदि सभी काम मेरे अनुसार हो गये तो मैं तुम्हें अपने राजपाट से कुछ जागीरें भी दे दूं तो कम होगा |"

"अब उस लड़की का नाम और पता तो कम से कम आपको मुझे बताना ही होगा |"

"मैं उसका नाम अपनी जुबान पर नहीं लाना चाहता था "

"कभी जिससे लगाया हो दिल, उसे यूं भी भुलाया नहीं जाता, जुबान ना लेना चाहे उसका नाम, हालात मजबूर कर जाते हैं |"

"अ...आयेरिन एडलर ! वो तुम्हें ब्राओनी लॉज, सर्पेंटाइन एवेन्यू, सेंट जॉन्स वुड पर मिलेगी !"

"तो मैं इस केस पर काम शुरू करता हूं |"

होम्स अकेले ही कहीं निकल गया | उसी दोपहर जब वो फिर से डॉ. वाटसन से मिला तो उसने अपना वेश बदला हुआ था | वो फ्रेंच दाड़ी में था | घर में घुसने के बाद वो फ्रेश होने के लिये गया | थोड़ी देर बाद वो अपने असली रूप में वापस लौटा | डॉ. वाटसन उसकी दिनचर्या जानने को बेचैन थे |

"मैं शर्त लगा कर कह सकता हूं कि तुम किसी मुश्किल काम को पूरा करके आ रहे हो ?"

"हां ! मैं ब्राओनी लॉज गया था |" होम्स के चेहरे पर एक मोहक मुस्कान आ गई थी – "जान बचाते-बचाते जान पर बन आई थी |"

"पूरी बात तो बताओ हुआ क्या !"

"जब मैं वहां पहुंचा तो मेरे सामने सबसे पहला सवाल यही था कि आयरिन एडलर के बारे में ज्यादा से ज्यादा जानकारी मुझे कहां से मिल सकती है ?"

"अरे ! फिर तुमने किंग से ही क्यों नहीं पता लगा लिया उसके बारे में ?"

"नहीं ! मुझे उसके अतीत के बारे में नहीं , बल्कि उसके वर्तमान के बारे में जानना था | किंग का अब उससे कोई नाता नहीं है तो मुझे कोई ऐसा चाहिये थे जो उसके बारे में जानता हो |"

"ओह !"

"अब सुनो ! मौका मुझे मिला बाई चांस ! मैं जब वहां घोड़ों के एक अस्तबल के सामने से गुजर रहा था तो मैंने देखा कि एक आदमी जिसका पांव घोड़े की रकाब में फंसा हुआ है घोड़े से लटका हुआ खिंचता जा रहा है | मैंने बड़ी मुश्किल से भागते घोड़े को काबू में किया |

उस आदमी ने मेरा शुक्रिया अदा किया | उसने मुझे दो पेंस की रकम इनाम में दी | मैंने उससे आयरिन के बारे में थोड़ी पूछताछ की तो वो मुझे उसके बारे में बताने में हिचका नहीं | उसने बताया कि आयरिन एडलर एक बहुत ही सुंदर लेडी है |

वास्तव में वो एक सिंगर है | कई म्युजिकल कॉन्सर्ट में गा चुकी है | बहुत से लोग उसके फैन हैं |" शरलॉक उसकी खूबियों का बखान करने लगा – "वो टाइम की बहुत पाबंद है | शाम को पांच बजे वो अपने कमरे से निकलती है उसके बाद फिर डिनर के टाइम पर वापस लौट आती है | उसके बाद फिर वो कहीं नहीं जाती |"

"मेरे ख्याल में तुम ये सब जानकारी जुटाने नहीं गये थे ?"

"आगे सुनो | उसका एक पुरुष दोस्त है |"

"ओह ! पुरुष दोस्त ? गुड !"

"उसके उस दोस्त का नाम गोडफ्रे नोर्टन है | वो अक्सर उसके पास आया-जाया करता है | वो इनर टेम्पल पर रहता है | मजे की बात ये है कि वो दिन में दो बार उससे मिलता है |"

"फिर तो दोनों में गहरी में दोस्ती दिखती है ?"

"सिर्फ दोस्ती नहीं क्लोज रिश्ते ! सुनते जाओ | शायद वो उसके दिल के बहुत करीब है | ये गोडफ्रे पेशे से लॉयर है | वास्तव में उसकी इस केस में एंट्री हमारे केस को मजबूती प्रदान करती है | मुझे शक है कि उसने वे फोटोग्राफ्स इस आदमी के पास छुपाये हो सकते हैं | अब मैंने इस आदमी पर नजर रखने का फैसला किया | मैंने उसे तैयार होकर सेंट मोनिका के चर्च की तरफ जाते हुए देखा |

जब मैं चर्च में पहुंचा तो वहां मैंने तीन लोगों को पाया | गोडफ्रे, आयेरिन और एक पादरी जो शायद उनकी शादी करवाने आया था | शेष चर्च लगभग खाली ही था | मैं एक खाली पड़ी बेंच पर जाकर बैठ गया | तभी गोडफ्रे मेरे पास आया और बोला – 'तुम्हें ईश्वर ने यहां मेरे लिये ही भेजा है |'

'मैं आपका मतलब नहीं समझा जनाब ?' मैंने उससे अंजान बनते हुए पूछा |

'वो बात ये है कि मैं और आयेरिन शादी कर रहे हैं | शादी के लिये एक गवाह की जरूरत है | फिलहाल वह काम तुम कर सकते हो | दो लोगों को एक करने का यह पवित्र अवसर तुम्हें मिल रहा है | मेरे विचार में यह एक पवित्र कार्य है और तुम इसे जरूर करना चाहोगे !'

फिर चर्च से बाहर आने के बाद उसने नोर्टन से शाम बजे पार्क में मिलने को कहा | उसके बाद दोनों अलग होकर चले गये | फिलहाल यही सब हुआ | डीयर डॉ. वाटसन ! हमारे पास एक मौका है | अब हमें शाम सात बजे ब्रायोनी लॉज पहुंच कर एक बहुत जरूरी काम उस समय करना होगा जिस समय आयेरिन वहां पहुंचेगी |"

"कौन सा काम ?"

"फोटोग्राफ्स ढूंढने का काम | लेकिन यह काम इतना आसान नहीं होगा | हमें थोड़े पापड़ बेलने होंगे |"

"उम्मीद करनी चाहिये कि पापड़ हमारे हाजमे के लिये अच्छे साबित होंगे | अब बताओ कि एक्चुअली करना क्या है ?"

"हमें वहां एक नाटक करना होगा जिसमें मुझे तुम्हारी हेल्प की जरूरत पड़ेगी | उस नाटक के बाद मैं आयेरिन के साथ उसके कमरे में रहूंगा | तुम लॉज के बाहर खड़े रहोगे | नाटक के दौरान मुझ पर क्या बीत रही है तुम इस तरफ से अपनी आंखें मींच कर रखोगे | तुम्हारा एक्शन तब शुरू होगा जब तुम कमरे की विंडो को खुलते हुए देखोगे |

उस वक्त मैं बेड पर पड़ा होऊंगा | सही समय देख कर मैं अपना हाथ ऊपर उठाऊंगा | यह तुम्हारे लिये मेरा इशारा होगा | ठीक उसी समय तुम वो चीज उस कमरे में उछाल दोगे जो मैं तुम्हें अभी थोड़ी देर में दूंगा |"

"कमाल है ! तुम ऐसे सब कुछ कहे जा रहे हो जैसे ठीक वैसे ही होगा जैसा तुम सोच रहे हो ?"

"प्लान परफेक्ट हो तो वैसा ही होता है जैसा तुम चाहो | अब आगे सुनो | उस चीज को खिड़की से भीतर उछालने के बाद तुम आग-आग का शोर मचाओगे | बस ! फिलहाल तुम्हारा काम यहां खत्म हो जायेगा | इसके बाद तुम गली के नुक्कड़ पर पहुंच कर मेरा इन्तजार करोगे | मैं दस मिनट में वहां पहुंच जाऊंगा | फिर वहां से हम बेकर्स स्ट्रीट वापस चलेंगे |"

"वो चीज क्या होगी ? यह तो बताओ ! कोई बम तो नहीं होगा ?"

"बम तो वो होगा लेकिन धुंए का |"

"लेकिन तुमने मुझसे यह क्यों कहा कि तुम्हारे साथ कुछ भी होता रहे पर मैं अपनी आंखें बंद ही रखूं ?"

"तुम इस पर अपना दिमाग मत दौड़ाओ | जैसा कहा है वैसा करना |"

इसके बाद ठीक साढ़े छह बजे | शरलॉक होम्स ने एक पादरी का रूप धरा | यह रूप लगभग वैसा ही था जैसा चर्च में उसने नोर्टन और आयेरिन की शादी के समय मौजूद पादरी का देखा था | लम्बी दाड़ी | हाथ में बाईबल | डॉ. वाटसन उसकी कार्यप्रणाली को हैरान खड़ा देख रहा था | निश्चित ही उसके दिमाग में यह सवाल था कि क्या वे अपने प्लान में सफल होंगे?

जबकि शरलॉक अपने प्लान के प्रति जरा भी शंकित नहीं था | उसने एक आईने के सामने खड़े होकर अपने उस रूप को देखा | सब तरफ से आश्वस्त होने के बाद वह थोड़ा मुस्कराया और डॉ. वाटसन के साथ वहां से निकल गया |

ब्रायोनी लॉज पहुंचने के बाद डॉ. वाटसन ने देखा कि वहां सभी वर्गों के लोग थे | कुछ कुली टाइप के लोग एक तरफ बैठे थे | ये लोग वहां रहने वालों का सामान उठा कर उनके घरों तक पहुंचा कर कुछ कमा-धमा लेते थे | उनकी निगाहें बाज के समान आने-जाने वालों पर लगीं थीं | ठीक सात बजे एक घोड़ा गाड़ी पर सवार आयेरिन एल्डर वहां पहुंची |

उसे देखते ही कुलियों की भीड़ ने उसे घेर लिया | हर कोई चाहता था कि उसका सामान वही उठाये | सबका उद्देश्य पैसा कमाना था | कोई भी कमाई के इस अवसर को हाथ से नहीं जाने देना चाहता था | छीना-झपटी अचानक झगड़े में बदल गई | यह देख कर एक तरफ खड़े गाड्र्स उन लोगों की तरफ बढ़े |

आयेरिन छीना-झपटी का यह तमाशा देख कर घबरा गई | होम्स इस अवसर को तुरन्त भुनाने में लग गया | वो तेजी से आगे बढ़ा | उसने आयेरिन को भीड़ में से निकालने के लिये अपना पूरा जोर लगा दिया | डॉ. वाटसन दूर खड़े इस तमाशे को चुपचाप सिर्फ देख रहे थे | उन्हें इस मामले में बीच में कूदने की इजाजत नहीं थी | वो जानते थे कि सब कुछ होम्स की योजनानुसार हो रहा है |

इस चक्कर में शरलॉक गाड़ी से नीचे गिर गया और उसका चेहरा घायल हो गया | वो लगभग बेहोश था | कोई चिल्लाया – "ये तो मर गया लगता है ?"

"नहीं ! जिन्दा है ! सिर्फ घायल हुआ है | इसके चेहरे से खून निकल रहा है |" किसी ने आवाज कसी | इस हंगामे के कारण कुलियों में भी घबराहट फ़ैल गई | किसी के मरने और घायल होने की आवाजों को सुन कर वे खिसकने लगे | आयेरिन एल्डर होम्स के निकट पहुंची | वो जानती थी कि पादरी उसे बचाते हुए घायल हुआ है | वो उसकी अहसान मंद थी | वो उसकी मदद के लिये उत्सुक थी |

उसने तेजी से वहां खड़े लोगों से कहा – "प्लीज इसे अंदर लाओ | इसे फर्स्ट-एड की जरूरत है |"

उसकी बात सुनकर शरलॉक मन ही मन मुस्कराया | उसकी योजना का प्रथम चरण पूरा हो गया था | अर्थात आयेरिन के घर में घुसपैठ करने का | डॉ. वाटसन ने देखा कि लोग शरलॉक को उठा कर लॉज के भीतर ले गये हैं | अब उसे उस पल की प्रतीक्षा थी जब शरलॉक का इशारा मिलते ही उसे वो स्मोक बम खिड़की से भीतर फेंक देना था | आयेरिन ने उसे फर्स्ट एड दिया |

शरलॉक अब होश में आने की एक्टिंग शुरू कर चुका था | वो नहीं चाहता था कि आयेरिन किसी डॉक्टर को बुलवा ले | डॉ. वाटसन बाहर से उस कमरे की खिड़की पर निगाह रखे हुए थे | सहसा उन्होंने खिड़की के पार एक परछाई को देखा जो खिड़की का शीशा उठा रही थी | डॉ. वाटसन समझ चुके थे कि उनके एक्शन का समय आ चुका है | वो एलर्ट नजर आने लगे |

तभी खिड़की का शीशा खुला और उसके पीछे से शरलॉक अपने बेड पर अपना हाथ ऊंचा करता दिखाई दिया | यह इशारा था डॉ. वाटसन के

लिये | उन्होंने तुरन्त अपनी जेब से सिगार की तरह दिखता वह स्मोक बम निकाल कर उसे खिड़की से भीतर की तरफ उछाल दिया | उस तरफ से भारी धुआं बाहर आने लगा |

इसी के साथ खिड़की से आते धुंए की तरफ संकेत करते हुए वो चिल्लाये – "आग ! आग !"

डॉ. वाटसन ने महसूस किया कि आग ! आग ! का शोर उठते ही लॉज सहित आसपास गहरी हलचल मच गई थी | उनका काम खत्म हो चुका था | शरलॉक के आदेश के अनुसार अब उन्हें वहां से गली के नुक्कड़ पर पहुंच कर वहां उनका इन्तजार करना था |

दस मिनट के गहरे सस्पेंस में चहलकदमी करते डॉ. वाटसन को वह समय बिताना भी कठिन हो रहा था | लेकिन ठीक समय पर शरलॉक होम्स वहां आ पहुंचे | शरलॉक के चेहरे पर सफलता के भाव थे | डॉ. वाटसन ने उस समय उससे कुछ नहीं पूछा | दोनों ने एक घोड़ा गाड़ी की और वापस बेकर्स स्ट्रीट जा पहुंचे | वहां पहुंच कर जब वे अपने रूम का ताला खोल रहे थे तो अपने पीछे से उन्हें एक आवाज सुनाई दी – "गुड नाईट मिस्टर शरलॉक होम्स !"

यह स्वर सुनते ही ना सिर्फ शरलॉक बल्कि डॉ. वाटसन भी उछल कर पलट गये | पीछे वहां उन्हें कोई दिखाई नहीं पड़ा | दोनों ने सवालिया निगाहों से एक-दूसरे की तरफ देखा | दोनों की खोपड़ी जैसे हवा में चक्कर लगा रही थी | आखिर इस प्रकार कोई उन्हें पुकार कर कहां गायब हो गया ?

"कौन था ?" डॉ. वाटसन के मुंह से निकला |

"पता नहीं ! मैंने ऐसी आवाज पहले कभी नहीं सुनी ?"

"कमाल है! कोई गुड नाईट बोल कर इस प्रकार गायब क्यों हो गया ?"

"तुमने ध्यान नहीं दिया डॉ. ! इस समय मैंने वेश बदला हुआ है | सवाल ये है कि ऐसा कौन है जो मुझे इस वेश में भी पहचानता है ?"

"शायद कोई जानता होगा कि यहां तुम ही रहते हो और वो तुम्हें पुकार कर तेजी से निकल गया हो |"

"ऐसा ही हो !" शरलॉक भीतर आ गया | डॉ. वाटसन भी भीतर आ गये |

शरलॉक ने भीतर आकर उसके काम की तारीफ़ की | डॉ. वाटसन ने तुरन्त कहा – "तो क्या तुम जिस काम के लिये गये थे वो पूरा हो गया मतलब वे फोटोग्राफ्स तुम्हें मिल गये ?"

"नहीं ! अभी नहीं ! लेकिन लगभग मिल ही गये थे | और अब मैं जानता हूं कि वे फोटोग्राफ्स कहां हैं ?"

"मुझे बताओ तुमने अंदर जाकर क्या किया ?"

"ठीक है | सुनो ! जैसे ही तुमने आग-आग का शोर मचाया तो वहां भी वही सब हुआ जो ऐसा शोर सुनने के बाद अक्सर आग लगने वाली जगहों पर होता है | ऐसे में लोग अपनी कीमती वस्तुएं ही सबसे पहले अपने कब्जे में करते हैं | एक मां अपने बच्चे को बचाने के लिये भागती है | किसी कुंआरी लड़की को अपनी ज्यूलरी बचाने की फ़िक्र होती है | कोई आदमी है तो वो अपनी प्रोपर्टी के कागजों की फ़िक्र करता है |

आयेरिन के लिये उसकी सबसे कीमती वस्तु वे फोटोग्राफ्स ही हो सकते हैं क्योंकि उनकी बदौलत वो किंग से शादी करके उसकी दौलत की मालकिन बन सकती है | आग ! आग ! का शोर सुनते ही वो भी अपनी कीमती चीज को बचाने के लिये भागी | वो एक स्लाईडिंग पैनल के पास पहुंची |

उसने वहां लटकी एक घंटी को खींचा | ये घंटी कुछ-कुछ स्कूलों में लगी घंटियों जैसी ही थी | उससे वो स्लाईडिंग पैनल खुल गया | मैंने उसे वहां से फोटो निकालते हुए देखा | लेकिन अगर वो फोटो ले जाती तो मेरी योजना फेल हो जाती | मैं नहीं चाहता था कि वो फोटो वहां से निकाल ले जाये |

मैं तुरन्त उठा और मैंने स्मोक बम की असलियत बताते हुए उसे बताया कि उसे डरने की जरूरत नहीं थी क्योंकि वह सब शायद किसी का मजाक था | जब उसने फुस्स हो चुके स्मोक बम को देखा तो उसने वे फोटोग्राफ्स वापस वहीं रख दिये | उसके बाद वो कमरे से निकल गई |

तब मैं फुर्ती के साथ खड़ा हुआ और मैं अभी उन फोटोग्राफ्स को वहां से निकाल ही लेना चाहता था कि उसका कोच वहां आ गया | मैंने फोटोग्राफ्स निकालने का अपना आईडिया ड्रॉप कर दिया | कोच मुझे मेरे घर पहुंचाने के लिये आया था | मुझे वहां से जाना पड़ा |"

"तो अब वे फोटो कैसे मिलेंगे ?"

"अब हमें किंग को सारी बातें बता कर उसे साथ लेकर वहां जाना होगा। मैं चाहता हूं कि यह काम आयेरिन के जाग जाने से भी पहले ही पूरा हो जाये।"

अगले दिन उन्होंने किंग को सारी बातें बताईं। वह सब सुनने के बाद किंग बेचैन नजर आया। शरलॉक ने उसे आयेरिन द्वारा नोर्टन से शादी की बात भी बताई। इसके बाद तीनों आयेरिन की लॉज की तरफ चल पड़े। वहां उनका स्वागत घूरती आंखों के साथ आयेरिन की मेड ने किया। उसके इस रहस्योद्घाटन के बाद शरलॉक इत्यादि चौंक पड़े जब उसने कहा – "क्या आप शरलॉक होम्स हैं ?"

तीनों को जैसे काठ मार गया। भला ये नौकरानी शरलॉक होम्स को कैसे पहचानती है ?

"मैं आपको बताना चाहती हूं कि मेरी मालकिन आयेरिन और मालिक गोडफ्रे नोर्टन दोनों सुबह सवा पांच बजे की ट्रेन से यह जगह छोड़ कर हमेशा के लिये यहां से इंग्लैण्ड चले गये हैं। जाने से पहले ...?"

"क्या वो मेरे पेपर्स और कुछ फोटोग्राफ्स दे कर गई है ?" किंग ने जल्दी से घबरा कर पूछा।

जवाब में शरलॉक वापस उसी गुप्त स्थान पर पहुंचा जहां उसने फोटोग्राफ्स को देखा था। उसने वहां लटकी हुई घंटी को खींचा जिससे वहां पर बना स्लाईडिंग पैनल खुल गया। वहां उसे एक लिफाफा रखा मिला।

"इसे जल्दी से खोलो !" किंग ने आहत से स्वर में कहा।

उसे खोलने पर शरलॉक को एक पत्र और एक फोटो मिले। वह फोटो खुद आयेरिन का था। पत्र शरलॉक के नाम था। किंग परेशान नजर आया क्योंकि शेष फोटोग्राफ्स वहां नहीं थे। शरलॉक ने पत्र को खोल कर उसे पढ़ना शुरू किया।

"डीयर शरलॉक होम्स !

किंग के फोटोग्राफ्स और उसके लिखे पत्रों को पाने के लिये तुमने अच्छा प्लान बनाया। तुमने लगभग मुझे मूर्ख बना ही डाला था। मेरे घर में घुसने के लिये भी तुमने गजब का रूप धरा और शानदार एक्टिंग की। लेकिन मैं तुम्हें बता देना चाहती हूं कि मुझे एक माह पूर्व ही किंग की इस कारगुजारी की भनक मिल गई थी।

मैं जानती थी कि किंग शादी कर रहे हैं | मैं यह भी जानती थी कि शादी से पूर्व वे अपने फोटोग्राफ्स और पत्रों को पाने की कोशिश करेंगे | इसके लिये वे किसी गुप्तचर की सेवायें भी ले सकते हैं |

मैं जानती थी कि यदि किंग ऐसा करेंगे तो वो गुप्तचर केवल शरलॉक होम्स ही हो सकता है | फिर जब तुमने मुझे बताया कि आग लगने की घटना केवल किसी का मजाक थी तो मेरा माथा ठनका और मैं समझ गई कि ये एक प्लान था जिसे केवल शरलॉक होम्स ही अंजाम दे सकता था |

मैं वहां से चली गई लेकिन मैंने असलियत जानने के लिये अपने कोच को भीतर भेज दिया | उसने तुम्हें उस पैनल के पास पाया जहां मैंने उन चीजों को छुपाया था | यह जानकारी पाकर मैं तुम्हारे बारे में आश्वस्त हो जाना चाहती थी | मैं तुरन्त बेकर्स स्ट्रीट पहुंची जहां शरलॉक होम्स का घर था |

वहां मैंने तुम्हें पहचान लिया कि तुम पादरी के वेश में शरलॉक ही हो | मैंने तुम्हें गुड नाईट भी कहा और तुरन्त गायब हो गई | मिस्टर शरलॉक ! जब तुम्हें यह खत मिलेगा मैं अपने पति के साथ बहुत दूर जा चुकी होउंगी | नोर्टन मेरे लिये किंग से ज्यादा परफेक्ट मैच है |

मैं किंग के पत्र और फोटोग्राफ्स ले जा रही हूं क्योंकि मैं किंग को तुमसे ज्यादा अच्छी तरह से जानती हूं | वो इन सब चीजों को पाने के बाद भी मुझे नहीं छोड़ेंगे | मैं तुम्हें भरोसा दिलाती हूं | किंग से कहना कि जब तक वो मुझसे दूर रहेंगे मैं उनकी लाईफ में कोई समस्या खड़ी करने नहीं आउंगी|

मैं तुम्हारी तारीफ़ करूंगी कि तुमने अपना काम बहुत अच्छे से किया | वाकई तुम शरलॉक होम्स हो | एक मंझे हुए जासूस |

-आयेरिन एल्डर !"

"वो तुम्हारी योजना को भांप गई थी |" डॉ. वाटसन ने कहा |

"और मुझे भी मेरे असली रूप में |"

किंग आश्वस्त दिखाई पड़ा | वो समझ गया कि आयेरिन उसकी जिंदगी से दूर हो चुकी है और अब वो आराम से बिना किसी भय के शादी कर सकता है | उसने शरलॉक की तरफ तारीफ़ की निगाहों से देखा – "मैं सोचता हूं कि मैं तुम्हें इस काम के बदले क्या दे सकता हूं ?"

"मुझे केवल आयेरिन की यह तस्वीर चाहिये |"

उसकी बात सुन कर किंग ने चौंक कर उसकी तरफ देखा – "क्या मतलब ? तुम उसकी तस्वीर का क्या करोगे ?"

"मैं इसे उसकी यादगार के रूप में रखना चाहता हूं |"

"ऐसा क्यों ?"

"क्योंकि वो पहली है जो ना सिर्फ मेरे जाल में ही नहीं फंसी बल्कि मेरे सारे नाटक को समझने के बाद मुझे पहचान भी गई |" यह कहते हुए शरलॉक ने उसकी तस्वीर को अपने कोट की जेब में रख लिया |

"हां! शरलॉक होम्स को मात देने वाली कोई साधारण स्त्री नहीं हो सकती |" डॉ. वाटसन ने कहा |

किंग को भला उसमें क्या ऐतराज हो सकता था | उसकी प्रॉब्लम दूर हो चुकी थी | अब वो उन्हें कुछ समय के लिये अपना मेहमान बनाना चाहता था | दोनों ने उसकी मेहमान नवाजी क़ुबूल कर ली | वो एक शानदार रेस्तरां था जहां जाते हुए अब वे सोच रहे थे कि उन्हें क्या खाना है ?

❑

शरलॉक की नजर से...!!

(The Boscombe Valley Mystery)

कत्ल एक संगीन गुनाह है | इसमें अक्सर कातिल का कोई लाभ छुपा होता है | कभी-कभी कत्ल बदले की भावना से भी होते हैं | कत्ल करने के बाद कातिल की पुरजोर कोशिश रहती है कानून के फंदे से बचने की | लेकिन यह बात कातिल से ज्यादा इस बात पर निर्भर करती है कि उस केस की जांच करने वाला कौन है ?

यदि वो मास्टर डिटेक्टिव शरलॉक होम्स है तो फिर चाहे कातिल सात तालों के पार भी क्यों ना जा छुपे, उसका बचना मुश्किल ही नहीं, नामुमकिन है !

डॉ. वाटसन उस समय अपनी पत्नी के साथ अभी नाश्ता करके ही चुके थे कि उन्हें शरलॉक होम्स का टेलीग्राम मिला –

"डीयर डॉ. वाटसन !

घर में अपने परिवार के बीच रह कर खुशनुमा समय बिताना किसे अच्छा नहीं लगता होगा ? यदि तुम इस पत्र को उन खुशियों के बीच आने वाली बाधा ना समझो तो मुझे ठीक ग्यारह बज कर पन्द्रह मिनट पर 'पैडिंगटन' रेलवे-स्टेशन पर आकर मिलो ! इंग्लैंड के इस खुशगवार हिस्से में कुछ ऐसा सनसनीखेज पक रहा है जिसमें हमारी इन्वॉल्वमेंट की जरूरत है !"

तुम्हारी प्रतीक्षा में –

शरलॉक होम्स !

उनके चेहरे पर आते-जाते चमकदार व खुशी के भावों को देख कर उनकी पत्नी पहले ही समझ चुकी थी कि पत्र भेजने वाला कौन है ?

"ओ.के. ! गो ! लगातार काम के बीच कुछ फुर्सत के पल भी जरूरी हैं | और मैं जानती हूं कि फुर्सत के वो पल शरलॉक होम्स के साथ तो और भी बढ़िया, शानदार और रोमांचक होंगे | जाओ ! जाओ !"

"लेकिन यहां तुम...?"

"यहां की फ़िक्र मत करो | मैं मैनेज कर लूंगी |" उसने एक मोहक मुस्कान के साथ डॉ. वाटसन का हौंसला बढ़ाया |

डॉ. वाटसन फौज से रिटायर डॉक्टर थे | आज भी वे उसी फौजी अनुशासन में रहते थे | फौज में हर समय उनका लगेज बैग हर समय तैयार रहता था कि ना जाने कब कहां जाना पड़ जाये | आज भी उनमें वह आदत कायम थी | रोजमर्रा की जरूरी चीजों के साथ उनका बैग तैयार था | वो तुरन्त जाने के लिये तैयार थे |

केवल पन्द्रह ही मिनट में वे लगभग सुनसान पड़े पैडिंगटन रेलवे स्टेशन पर मौजूद खड़े थे | फिर कुछ ही मिनटों बाद ट्रेन में वे शरलॉक होम्स के सामने बैठे थे | शरलॉक होम्स की मौजूदगी उनमें जैसे एक ऊर्जा भर देती थी | एक रोमांचक ऊर्जा जिसका हर पल 'थ्रिलिंग' होता था | ऐसा लगता था जैसे इस थ्रिल की उन्हें आदत हो गई है |

शरलॉक होम्स ने कहा – "बोस्कोम्बे वैली मिस्ट्री ! यहां एक कत्ल का मामला है ! हरफोर्डशायर से कुछ ही दूर एक जिला है बोस्कोम्बे वैली !" शरलॉक ने एक गहरी सांस भरते हुए आगे कहा – "कहानी दो दोस्तों के बीच शुरू होती है | इनमें से एक का नाम है जॉन टर्नर और दूसरे का मैककार्थी |

दोनों में बहुत सी बातें कॉमन हैं | दोनों आस्ट्रेलिया गये | दोनों ने वहां जाकर खूब पैसा बनाया | फिर यहां आकर खूब जमीन-जायदाद बनाई | लेकिन समय बीतने के साथ पैसे के मामले में मैककार्थी जॉन टर्नर से पीछे छूट गया | लेकिन दोनों की दोस्ती एक मिसाल थी | एक समय ऐसा भी आया कि टर्नर ने अपना एक फॉर्म-हाउस भी अपने दोस्त के नाम कर दिया|

परिवार में टर्नर की एक बेटी है और मैक कार्थी का एक बेटा जिसका नाम जेम्स है | मां के प्यार से दोनों बचपन से ही वंचित रहे | जहां मैक कार्थी के पास दो-एक नौकर है वहीं टर्नर के पास उसकी हैसियत के अनुसार ही कई नौकर-चाकर हैं | यह थी दोनों की सामाजिक व पारिवारिक स्थिति |"

ट्रेन अपनी पूरी रफ्तार से दौड़ी जा रही थी | डॉ. वाटसन उसकी बातों को बड़े ध्यान से सुन रहे थे क्योंकि शरलॉक की एक-एक बात का मूल्य

होता था | उसकी कौन सी बात में कोई क्लू छुपा होता है, उसे समझना हर किसी के वश की बात नहीं थी |

शरलॉक ने आगे कहा – "अब मैं उस प्रॉब्लम पर आता हूं जिसके लिये मैंने तुम्हें यहां बुलाया है |"

"हां ! मैं भी यहां ट्रेन की सवारी करने तो नहीं आया हूं |"

"सोमवार ! तीन जून ! दोपहर लगभग तीन ही बजे | मैककार्थी बोस्कोम्बे पूल के पास गया | शायद उसे किसी से मिलना था | हाथ्रले यानी उसके घर से पूल की दूरी लगभग दो फर्लांग की होगी | उसे वहां जाते हुए दो लोगों ने देखा | इनमें से एक था पशु-पक्षियों की देख-रेख करने वाला विलियम क्राउडर और दूसरा एक वृद्ध |

उसके जाने के लगभग एक मिनट पश्चात ही इन दोनों ने उसके बेटे जेम्स को भी उसके पीछे जाते देखा | उस वक्त जेम्स के हाथ में एक गन थी और वो बहुत गुस्से में था | उसके चेहरे पर अच्छे भाव नहीं थे | ऐसा उन दोनों ने कहा |

बाद में मैक कार्थी की हत्या की बात सुन कर उन्हें बहुत हैरानी हुई | मैककार्थी के सिर पर किसी भारी चीज का प्रहार किया गया था | वो भारी चीज गन का बट भी हो सकती थी | पुलिस के अनुसार उसी प्रहार के कारण उसकी मौत हुई थी |

इसके अलावा एक और चश्मदीद गवाह भी है | ये है विलियम क्राउडर की चौदह वर्षीय बेटी जो शेष दोनों गवाहों के बयान की भी पुष्टि करती है| उसने उनसे आगे की घटना को थोड़ा और विस्तार से देखा | उसने बताया कि दोनों बाप-बेटा किसी 'इशू' को लेकर झगड़ रहे थे | इसी बीच गुस्से में जेम्स का गन वाला हाथ उठ गया | उसे लगा कि वो गोली चला देने वाला है |

इससे वो घबरा गई और वहां से भाग कर सीधे अपने घर आ गई | वहां उसने अपने माता-पिता को पूरी घटना की जानकारी दी | तभी जेम्स भी चिल्लाता हुआ वहां आ पहुंचा और उनसे चीख-चीख कर मदद मांगते हुए कहने लगा कि – 'उसके पापा को किसी ने मार डाला है | प्लीज मेरी मदद कीजिये |'

यह सुन कर वे सभी तुरन्त वापस घटना स्थल पर पहुंचे लेकिन तब तक मैककार्थी मर चुका था | उसके सिर से खून निकल रहा था | उसके सिर पर चोट का निशान था |"

यह सब बताते हुए शरलॉक ने डॉ. वाटसन से कहा – "इन सब बातों को सुनने के बाद शक की सुई सीधे-सीधे जेम्स की तरफ जाती है | इन्हीं सब बातों और बयानों के आधार पर पुलिस ने जेम्स को अपनी कस्टडी में ले भी लिया है | उसने बिना किसी प्रतिरोध के अपनी गिरफ्तारी दी लेकिन वो अपना गुनाह भी क़ुबूल नहीं कर रहा है |"

"हालातों के मददेनजर तो जेम्स ही हत्यारा जान पड़ रहा है |"

"हां ! लेकिन कभी-कभी क्या होता है कि सच को जानने के लिये पुलिस के पास कोई आधार नहीं होता तो मौजूदा गवाहों की बिना पर इन्वेस्टिगेटर शक के आधार पर ही मुलजिम को 'अरैस्ट' कर लेता है लेकिन ये इन्वेस्टिगेशन का गलत तरीका है | इससे वो व्यक्ति अपराधी सिद्ध नहीं हो जाता क्योंकि अभी उसे किसी ने खून करते हुए नहीं देखा है |

इस अखबार में इस केस के बारे में कुछ और भी लिखा है | इसे ध्यान से पढ़ने पर कुछ ऐसी पंक्तियां दिखाई पड़ती हैं जो मुझे पुलिस से अलग हट

कर सोचने पर मजबूर करती हैं | मुझे इन पंक्तियों के बीच से सच उभर कर बाहर आता दिखाई पड़ रहा है | लो पढ़ो इसे !"

शरलॉक होम्स ने 'डेली हरफोर्डशायर' अखबार डॉ. वाटसन की तरफ बढ़ा दिया |

डॉ. वाटसन अखबार में छपी उस खबर को पढ़ने लगे जिसमें जेम्स ने पुलिस को दिये अपने बयान में कहा था कि 'घटना के तीन दिन पहले से ही वो घर से बाहर गया हुआ था | तीसरे दिन जिस समय वो घर पहुंचा उस वक्त उसके पापा घर पर नहीं थे |

वो अभी घर की तरफ बढ़ा ही था कि उसने अपने पापा को एक घोड़ा गाड़ी से आते हुए देखा जिसे उनका नौकर रौस चला रहा था | रौस उन्हें वहां उतार कर वापस चला गया | उसने पापा को तेजी के साथ एक तरफ जाते देखा | वो नहीं जानता था कि वे कहां जा रहे हैं ? जेम्स अपनी गन के साथ उसी दिशा में आगे चल पड़ा | यही वह समय था जब क्राउडर ने उसे जाते देखा |

अचानक उसने कुछ सुना | जेम्स अपने पापा की आवाज को पहचानता था | उसके पापा ने हैरानी से किसी से वह एक शब्द कहा – 'कुई !!' ये शब्द दो लोगों के बीच की घनिष्टता को दर्शाता है | बाप-बेटे की घनिष्टता ! दोस्तों के बीच की घनिष्टता ! क्या उसके पापा 'कुई' शब्द से उसे ही सम्बोधित कर रहे थे ?

पर उसे हैरानी इस बात की थी कि उसके पापा तो उसके आने के बारे में जानते तक नहीं थे फिर वे 'कुई' से सम्बोधित करके किसे पुकार रहे हैं ? नहीं ! वे उसे नहीं पुकार रहे थे ?

अचानक उसके पापा की निगाहें जब उस पर गईं तो वो उसे देख कर चौंक पड़े और चिल्लाने लगे | वे शॉर्ट-टेम्पर इंसान थे | बहुत जल्दी गुस्से में आ जाते थे | वहां उन दोनों में किसी बात को लेकर गर्मागर्म बहस हुई | गुस्से में जेम्स ने अपना गन वाला हाथ ऊंचा किया | जेम्स गुस्से में भुनभुनाता हुआ वहां से चला गया | यह दृश्य क्राउडर की बेटी ने देखे लेकिन जेम्स के जाने से पहले ही वो घबरा कर भाग गई थी |

इधर जेम्स अभी दो सौ फुट दूर भी नहीं पहुंचा था कि उसने अपने पापा की तेज चीख का स्वर सुना | स्वर ऐसा था जैसे किसी को हलाल कर

दिया गया हो | चीख सुनने के बाद जेम्स वापस उधर भागा जिधर वो पापा को छोड़ कर आया था |

वहां पहुंच कर उसने पापा को नीचे गिरा पाया | उनके सिर से जैसे खून का तालाब बह गया था | यह देखते ही वो अपने पापा की तरफ लपका | उसने उनका सिर अपनी गोद में लिया | उसके पापा कुछ कहने की कोशिश कर रहे थे | उनके मुंह से अस्पष्ट से शब्द निकले – 'A RAT...!'

इसी के साथ उनका सिर एक तरफ को ढुलक गया | यह देख कर वो घबरा गया और वापस भागा | उसे क्राउडर इत्यादि दिखाई दिये तो उसने उन्हें सारी बातें बताने के बाद उनसे मदद के लिये कहा | बस ये सब हुआ जो उसने बता दिया था |

"यह सब बताने के बाद भी पुलिस ने उसे अरैस्ट कर लिया और पुलिस ने उसे जांचकर्ता के सामने पेश किया |" शरलॉक ने बताया – "उसके द्वारा A RAT...शब्दों का अर्थ ना बता पाने के कारण जांचकर्ता को उस पर संदेह हो रहा था | जांचकर्ता ने उससे उस विवाद के बारे में पूछा जिसके कारण उन दोनों में बहस हुई |

लेकिन जेम्स ने उसे निजी मामला बताते हुए उसके बारे में बताने से इनकार कर दिया | उसके इनकार पर जांचकर्ता नाराज हो गया | जांचकर्ता का अगला सवाल 'कुई' शब्द को लेकर था | उसके पापा ने चिल्ला कर कहा था – 'कुई !' जांचकर्ता का कहना था कि यह कैसे सम्भव था कि उसे देखे बिना ही उसके पापा ने उसे इस शब्द से सम्बोधित किया था |

जेम्स ने इस पर अपनी अनभिज्ञता जाहिर की थी कि वो इस बारे में कुछ नहीं जानता | जांचकर्ता इस तथ्य को मानने को तैयार नहीं था | उसका मानना था कि मैक कार्थी ने अपने बेटे को देखने के बाद ही उसे कुई शब्द से पुकारा होगा |

जेम्स ने एक बात और बताई थी कि पापा की चीख सुनने के बाद जब वो उस तरफ भाग कर जा रहा था तो उसने घटनास्थल से लगभग दस गज दूर एक ग्रे रंग का कोट गिरे पड़े देखा था जो कि उसके पापा का नहीं था | फिर जब उसने पापा का सिर अपनी गोद में लिया और उसके पापा की गर्दन एक तरफ को ढुलक गई तब मदद के लिये जाते वक्त उसने उस कोट को उस जगह पर नहीं पाया |

यानी वहां एक शख्स और भी ऐसा था जो उस घटना की महत्वपूर्ण कड़ी सिद्ध हो सकता है | वही जिसने कोट गायब किया या जिसका कि वो कोट था | बहरहाल जो भी हो, जांचकर्ता ने जेम्स को दोषी पाया और उसे जेल भेज दिया |"

"मेरे हिसाब से भी यह तो 'ओपन एंड शट' केस है | साफ़-साफ़ लग रहा है कि हत्यारा जेम्स ही है | ग्रे कोट वाली कहानी वो पुलिस को कन्फ्यूज करने के लिये सुना रहा है | ताकि पुलिस यही समझती रहे कि घटनास्थल पर उसके अलावा भी कोई और मौजूद था |" डॉ. वाटसन ने अपना पक्ष रखते हुए कहा |

"ऐसा तुम मान सकते हो लेकिन मैं नहीं !" शरलॉक होम्स ने कहा – "मैं इससे सहमत नहीं हूं | मैं जेम्स को दोषी नहीं मानता |"

"कारण ? सबूत ?"

"बहुत जल्दी दूंगा |"

ठीक चार बजे शरलॉक डॉ .वाटसन के साथ स्ट्राउड वैली गया | वहां उन्होंने इंस्पेक्टर लेस्टरेड को भी अपना इन्तजार करते पाया | इंस्पेक्टर लेस्टरेड शरलॉक होम्स का फैन था | कई पेचीदा मामलों को सुलझाने में वो खुद भी उसकी मदद लेता रहा था |

चाय पीते हुए इंस्पेक्टर लेस्टरेड ने बताया कि – "अब ये साफ़ हो चुका है कि जेम्स ही हत्यारा है |"

"साफ़ कपड़े को मशीन में डालने पर उससे मैल नहीं निकलता इंस्पेक्टर | मैल मैले कपड़ों से ही निकलता है, वो भी तब, जब उन्हें मशीन में डाल कर खंगाला जाये |"

"मतलब ?"

"अभी तुमने जिस कपड़े को वाशिंग मशीन में डाला है वो साफ़ है | मैल निकालने के लिये तुम्हें मैले कपड़े को ही मशीन में डालना होगा |"

"इसका क्या मतलब है ?"

"इसका मतलब ये है मिस्टर लेस्टरेड कि ये कत्ल का मामला है | कातिल की तलाश पूरे तथ्यों व सबूतों की 'बिना' पर होनी चाहिये ताकि कोई निर्दोष हत्या जैसे संगीन जुर्म में ना फंस जाये | अभी मैं ये नहीं कह

रहा कि जेम्स हत्यारा नहीं हो सकता लेकिन हमें जेम्स की बातों के तथ्यों पर भी गौर करना चाहिये जैसे उसकी ग्रे कोट वाली बात पर |"

इस दौरान शरलॉक ने नोट किया कि एक आकर्षक से व्यक्तित्व की लड़की उन्हें बड़े ध्यान से देख रही थी | अचानक वो उनके पास आ गई और मासूमियत के साथ बोली – "गुड आफ्टर नून जेंटलमैन !" उसने विशेष रूप से शरलॉक होम्स की तरफ देखा जैसे कुछ कहना चाहती हो | उसके चेहरे पर गम्भीर भाव थे |

उसने बताया – "मैं मिस्टर टर्नर की बेटी हूं | जेम्स और मैं बचपन से साथ खेले बड़े हुए हैं | हम दोनों अच्छे दोस्त हैं |"

"क्या तुम इस कत्ल के बारे में कुछ जानती हो ?" शरलॉक ने पूछा |

"सिर्फ इतना कि इसमें जेम्स इन्वॉल्व नहीं है | वो नहीं हो सकता | मैं सौगंध लेती हूं कि वो ऐसा नहीं कर सकता | मैं जानती हूं कि मेरा विश्वास मुझे धोखा नहीं दे रहा | और इस सब में जो सबसे अच्छी बात है मिस्टर होम्स वो यह कि इस केस में आप भी दिलचस्पी ले रहे हैं |"

"हां ! अगर वो निर्दोष है तो उस कुछ नहीं होगा |" शरलॉक ने उसे आश्वस्त किया |

"प्लीज मिस्टर होम्स ! आप इस कत्ल के बारे में तहकीकात कीजिये और साबित कीजिये कि पुलिस गलत है | जेम्स निर्दोष है | जब आप कभी जेम्स से जेल में मिलें तो उसे भी बतायें कि मैं पुलिस की बातों को नहीं मानती | मैं उसके बयान को मानती हूं | मैं जानती हूं वो निर्दोष हूं |" कहते हुए उसकी आंखों में आंसू झलकने लगे | उसने तुरन्त ही इंस्पेक्टर की तरफ घूमते हुए कहा – "ये मास्टर डिटेक्टिव शरलॉक होम्स हैं | ये सच का पता लगा कर जेम्स को जेल से बाहर लायेंगे |"

उसकी बात सुन कर लेस्टरेड अर्थपूर्ण अंदाज में मुस्कराया जैसे उसे अपनी तहकीकात पर पूरा भरोसा हो, बोला – "मैं भी चाहता हूं ऐसा ही हो | मैं तुम्हारी भावनाओं को चोट नहीं पहुंचाना चाहता |"

लड़की वापस शरलॉक से मुखातिब हुई – "मिस्टर शरलॉक ! मैं आपको उस विवाद के बारे में बताना चाहती हूं जिसे बताने में जेम्स हिचकिचा रहा था | जिसके कारण पिता बेटे में बहस हुई थी |"

“ओह ! यह जानकारी हमारे काम की हो सकती है | क्या जानती हो तुम उस बहस के बारे में ?”

“वो बहस शायद मेरे बारे में थी |”

“तुम्हारे बारे में ?”

“हां ! जेम्स के पापा उसकी शादी मुझसे करवाना चाहते थे | लेकिन यह नहीं हो सकता था | ऐसा कभी मुमकिन नहीं है | मैंने या उसने कभी मुझे इस निगाह से देखना तो दूर सोचा तक भी नहीं | वो मुझसे छोटा भी है | एक बात और | मेरे पापा भी इसके खिलाफ थे |”

“यह जानकारी अमूल्य है | क्या मैं तुम्हारे पापा मिस्टर टर्नर से बात कर सकता हूं ?”

“आप शायद उनसे नहीं मिल सकते | पापा गम्भीर रूप से बीमार हैं | उनका नर्वस सिस्टम बिगड़ चुका है | यह बात जेम्स के पापा उस समय से जानते थे जब वे साथ-साथ आस्ट्रेलिया के विक्टोरिया की गोल्ड माईन्स में काम करते थे ?

“अच्छा ! क्या यह सच है कि तुम्हारे पापा गोल्ड माईन्स में काम करते हुए गोल्ड की चोरी के इल्जाम में जेल काट चुके हैं ?”

“ह...हां !”

उसकी बात सुन कर शरलॉक के चेहरे पर एक विचित्र मुस्कान आ गई| उसन उसे भरोसा दिलाया – “तुम्हारी यह इन्फर्मेशन मुझे इस केस की जड़ में जा कर इसे सॉल्व करने में हेल्प करेगी |”

उसके बाद लड़की वहां नहीं रुकी | इसके बाद शरलॉक ने डॉ. वाटसन को वहीं छोड़ दिया और खुद इंस्पेक्टर लेस्टरेड के साथ जेल में जेम्स से मिलने निकल गया |

डॉ. वाटसन को वहां छोड़ने के पीछे उसका मकसद मैककार्थी की डेड बॉडी की रिपोर्ट की जांच करवाना था | डॉ. वाटसन एक डॉक्टर थे | वे अच्छी तरह से मैक के सिर पर लगी उस चोट का विश्लेषण कर सकते थे जिसने उसकी जान ली थी | हालांकि पोस्ट मार्टम रिपोर्ट कहती थी कि मैक के सिर पर बायीं तरफ किसी भारी चीज से प्रहार किया गया था | उसके सिर की बायीं ओर की ओसिपिटल हडडी टूटी हुई थी |

यह तभी हो सकता था जब कोई उसके पीछे से आकर उसके सिर पर साईड से वार करता ना कि सामने से जैसा कि उस चश्मदीद लड़की ने बताया | लड़की ने जेम्स को अपने पिता के सामने गन लिये खड़े हुए देखा बताया था |

'ओह यस ! यह जानकारी शरलॉक के काम की है |' डॉ. वाटसन की आंखें एकाएक ही अपनी इस जांच से बाज की आंखों के समान चमक उठीं |

उतने समय में शरलॉक और लेस्टरेड भी जेम्स से मिल कर वापस लौट आये थे | शरलॉक ने बताया – "मेरी जेम्स से मीटिंग कोई खास मदद नहीं कर सकी | वो मुझे सदमे में लगा या फिर वो खूनी को बचाने की कोशिश कर रहा है | उससे यह भी पता लगा कि कुछ सालों पहले उसने एक स्टीवर्ड (बार-मेड) से शादी कर ली थी |

लेकिन अब वो उसे छोड़ कर बरमूडा डॉकयार्ड में किसी और के साथ शादी करना चाहती थी | इसी लिये जेम्स उसके पास गया था | इस सब में उसे तीन दिन लगे थे | उसके मुताबिक़ वो ऐन मैक कार्थी के कत्ल से कुछ समय पूर्व ही लौटा था |

"क्या पता उसके और उसके पापा के बीच इसी गुप्त शादी को लेकर बहस हो रही हो ?" डॉ. वाटसन ने आशंका व्यक्त की |

"नहीं ! इस बारे में शायद वो लड़की ही सही कह रही है |"

"तो फिर मैककार्थी का कत्ल किसने किया ? शायद इसमें कोई और इन्वॉल्व है | अगर जेम्स की ग्रे कोट वाली थियोरी पर विचार करें तो लगता है कि मैक ने किसी को वहां पूल पर किसी खास मकसद से मिलने के लिये बुलाया हुआ था | शायद मैक ने वहां उसे अपनी लोकेशन बताने के लिये आने वाले को 'कुई' शब्द से सम्बोधित किया हो क्योंकि वो उसे पहले से ही जानता था |"

"ये कत्ल का मामला है डॉ. वाटसन ! एक की जान जा चुकी है एक की खतरे में है | इसमें हम अटकलों पर आधारित थिओरी नहीं बना सकते | हमें साबित करना होगा कि ग्रे कोट वाला कौन था ? आखिर मैक कार्थी ने उसे वहां क्यों बुलाया था ? मैं समझता हूं कि हमें एक बार घटनास्थल की जांच करनी चाहिये |"

उसके बाद सब लौट पड़े | फिर अगले दिन सुबह ही लगभग नौ बजे लेस्टरेड एक घोड़ा गाड़ी लेकर उनके पास पहुंचा | उस पर सवार होकर वे हैथ्रले में बोस्कोम्बे पूल की तरफ चल पड़े |

रास्ते में लेस्टरेड ने बताया – "मिस्टर टर्नर की तबियत बहुत बिगड़ चुकी है | टर्नर के बारे में मैंने पता लगाया है | लोग उसके प्रति बहुत अच्छे विचार रखते हैं | वो मैककार्थी को भी बहुत मानता था | दोस्ती की खातिर उसने मैककार्थी को अपना फार्महाउस बिना किराये के रहने को दे दिया था| कुछ लोग यह भी कहते हैं कि उसने फार्म हाउस उसके नाम ही कर दिया था |"

हेथ्रले पर टर्नर का फार्म हाउस दो मंजिला बना था जिसके ऊपर सर्वेंट क्वार्टर्स भी बने थे | इस समय वो फ़ार्म हाउस मैक कार्थी के कब्जे में था | डोर बेल बजाने पर मेड ने दरवाजा खोला और उन तीनों को भीतर ले गई| शरलॉक होम्स की बाज जैसी पैनी निगाहें प्रत्येक चीज का बड़ी बारीकी के साथ मुआयना कर रही थीं |

उसने मैक कार्थी के उन जूतों तक को भी बड़े ध्यान से देखा जो उसने मरने से पहले पहने हुए थे | वहां से लगभग पचास गज दूर ही बोस्कोम्बे पूल था जहां मैक कार्थी की हत्या हुई थी | बोस्कोम्बे पूल चारों तरफ से हरियाली से घिरा था | वहां शांति थी | पक्षियों की आवाजें मन को मोह रही थीं | लेकिन इस समय वो उनका मजा लेने नहीं बल्कि कत्ल के मामले की छानबीन करने आये थे |

लेस्टरेड ने उसे उस स्थान के बारे में बताया जहां मैक कार्थी की हत्या हुई थी | शरलॉक ने उस स्थान के आसपास की जांच में कुछ समय लगाया| उसके बाद वो पूल के घुटने-घुटने तक के पानी में उतर गया |

लेस्टरेड ने पूछा – "पानी में क्या तलाश रहे हो ?"

"शायद मैं यहां मर्डर वेपन की तलाश कर सकूं !"

"पर मर्डर वेपन तो जेम्स की गन ही है जिसके बट से मैक कार्थी के सिर पर घातक चोट की गई थी और जिसे मैं अपने कब्जे में पहले ही ले चुका हूं ?"

"तुम्हारे हिसाब से तो जेम्स की गिरफ्तारी के साथ ही केस की जांच भी पूरी हो चुकी है | लेकिन मेरा हिसाब अभी बाकी है | कुछ बयानों और कुछ सवालों के जवाब अभी अधूरे हैं और मुझे उनकी तलाश है |"

शरलॉक होम्स ने हत्या वाले स्पॉट के पास के पेड़ के आसपास के क्षेत्र का भी बारीकी से मुआयना किया | सभी उसकी प्रत्येक हरकत को बड़े ध्यान से देख रहे थे | घटनास्थल पर अपराधियों द्वारा अक्सर बारीक सुराग छोड़ दिये जाते हैं जिन्हें ढूंढ पाना सरल नहीं होता | बारीक सुरागों के लिये बारीक निगाहों की ही जरूरत होती है जो शरलॉक के पास थी |

शरलॉक झुक कर कुछ देखने की कोशिश कर रहा था | सहसा शरलॉक ने सबका ध्यान अपनी तरफ आकर्षित किया – "अरे ! यह देखो !"

"क्या है वहां पर ?"

"मैक कार्थी के जूतों के निशान !"

"हां ! मैंने भी देखे थे |" लेस्टरेड ने उधर आते हुए कहा – "इनमें खास क्या है ?"

“ये उसके चहल-कदमी करने के निशान हैं | इससे पता चलता है कि उसे किसी का इन्तजार था | अक्सर बेचैनी में ही कोई ऐसी चहल-कदमी किया करता है |”

“और यह देखो | यहां कुछ और कदमों के निशान भी हैं |”

“जूतों के निशान एक ही आदमी के हैं पर ये दो तरह से बने हैं | एक आराम से किसी के चल कर यहां आने के | दूसरे भाग कर किसी के आने के| भाग कर आने वाले निशान आराम से चल कर आने वाले निशानों से अधिक गहरे हैं |”

“तुम्हारे हिसाब से ये निशान किसके जूतों के होने चाहिये ?” डॉ. वाटसन ने पूछा | लेस्टरेड भी शायद यही पूछना चाहता था |

“जेम्स के | इससे उसके बयानों की सच्चाई पता चलती है | उसने बताया था कि पहले वो आराम से चल कर अपने पिता के पास गया था | उनसे बहस के बाद जाने के बाद जब वो दोबारा अपने पिता की चीख सुन कर भाग कर वहां पहुंचा तो दूसरे निशान बने |”

“यानी अगर वो ग्रे कोट वाली बात कह रहा है तो उसमें भी कोई सच्चाई हो सकती है | जबकि पुलिस उसकी इस थिओरी को सिरे से नकार चुकी है |” डॉ. वाटसन ने कहा |

“हां !”

लेस्टरेड कुछ न बोला |

शरलॉक ने आगे कहा – “यहां तीसरे के कदमों के निशान भी हैं | इंट्रस्टिंग !”

“क्या हुआ ?”

“इन जूतों के पूरे निशान ना बनकर केवल पंजों के ही निशान बने दिखाई पड़ रहे हैं जैसे कोई चुपके से बेआवाज किसी तक पहुंचना चाह रहा हो जैसे बिना ऐड़ी को जमीन पर रखे कोई दबे पांव अपने शिकार को दबोचने को आगे बढ़ रहा हो |”

“यानी कोई था जो मर्डर के इरादे से मैक कार्थी की तरफ दबे पांव बढ़ रहा था | शायद वही जिसका मैक कार्थी को इन्तजार था ?”

“हां ! एक खास बात और | चौकोर मार्क वाले ऐसे स्पेशल शूज फिजिकली हैंडीकैप्ड लोगों के लिये भी बनाये जाते हैं |”

"वो दबे पांव बढ़ रहा था या हैंडीकैप्ड था ? अगर वो अपाहिज था तो फिर दबे पांव नहीं बढ़ रहा था यानी उसकी मंशा कत्ल की नहीं हो सकती।" डॉ. वाटसन ने क्लीयर किया।

शरलॉक होम्स ने घटनास्थल वाले पेड़ के पास पड़े एक बड़े पत्थर के आसपास से कुछ धूल-मिट्टी जैसी चीजें भी कलैक्ट कीं। इसके बाद वो बोला – "मैं अभी आया।"

शरलॉक होम्स जमीन पर निगाहें गढ़ाए हुए मुख्य सड़क की तरफ गया। वो क्या कर रहा है किसी की समझ में नहीं आ रहा था। जल्दी ही वो वापस लौटा। उसने वहां पड़े बड़े पत्थर की तरफ इशारा करते हुए लेस्टरेड से कहा – "मर्डर वेपन दरअसल पानी में नहीं, यहां है।"

"क्या मतलब ? कहां ?"

"ये पत्थर वास्तव में मर्डर वेपन है।"

"ये पत्थर ?"

"हां !"

"लेकिन इस पर खून का एक कतरा तक नहीं लगा ?" लेस्टरेड ने उसे ध्यान से देखते हुए कहा।

"निशान धोये जा सकते हैं।" शरलॉक ने अपनी बात को मजबूती के साथ कहा।

"यदि ऐसी बात है तो फिर यह भी बता दो कि कातिल कौन है ?"

"वो जो भी है फिलहाल इतना जान लो कि वो अपने काम उलटे हाथ से करता है।"

"मतलब वो लेफ्ट हैंडर है !"

"हां ! वो लम्बे कद का होना चाहिये। उसकी दायीं तरफ की टांग में कुछ खराबी है जिसके कारण वो अपना पूरा पांव जमीन पर नहीं रख पाता है। वो भारी शूज पहनता है। उसे इंडियन सिगार पीने का शौकीन है और वो एक छोटा चाकू भी अपने पास रखता है। तुम उसे पेन-नाईफ कह सकते हो।"

"कमाल है। उसे देखे बिना ही तुम्हें उसके बारे में इतनी जानकारी कैसे हो गई ?" डॉ. वाटसन की 'और' जानने की उत्सुकता बढ़ती जा रही थी।

"देख तो मैं उसे रहा हूं पर उसे देखने का मेरा अंदाज थोड़ा जुदा है। फिलहाल मैं इतना ही बता पाऊंगा। अभी जो कहा है करो। जल्दी ही सभी खुलासे करुंगा और तब हत्यारा सबके सामने होगा।

क्योंकि मुझे उसे पकड़ने की कोई जल्दी नहीं है लेकिन पकड़ूंगा तो पूरे सबूतों व साक्ष्यों के साथ क्योंकि क़ानून भी यह कहता है कि भले ही सौ मुजरिम छूट जायें पर एक निर्दोष को सजा नहीं मिलनी चाहिये।"

"लेकिन इस समय मुझे जो सजा मिल रही है उसके बारे में तो सोचो!" डॉ. वाटसन ने बेचारगी के साथ कहा।

सबने चौंक कर उसकी तरफ देखा तो वे बोल पड़े – "अरे भाई! मेरा मतलब भूखे रहने की सजा से था।"

तब शरलॉक होम्स मुस्कराते हुए डॉ. वाटसन के साथ अपने होटल में डिनर के लिये चले गये।

डिनर के बाद शरलॉक होम्स ने फिर से केस का उसके सभी पहलुओं से विश्लेषण आरम्भ किया – "दो बातें जेम्स को इस केस में उसकी इन्वॉल्वमेंट से दूर करती हैं। पहली उसने बताया कि उसके पापा ने मरते समय उससे दो शब्द कहे थे A RAT...! यह पहेली अभी भी अनबूझ है।

दूसरी अपने पापा मैक कार्थी को उसने 'कुई' शब्द का उच्चारण करते हुए सुना था जबकि उसके पापा को उसके वहां होने का भी पता नहीं था। तो हम कह सकते हैं कि उसने वह शब्द जेम्स के लिये नहीं बल्कि उस इंसान के लिये कहा था जिसका कि वह इन्तजार कर रहा था।"

"जैसा कि मैंने सुना है कि आस्ट्रेलिया में कुई शब्द बहुत कॉमन है। यह किसी भी आस्ट्रेलियन के अपने मित्रों व परिचितों को बुलाने का खास तरीका है। वे अक्सर इसका इस्तेमाल करते हैं। अगर ऐसी बात है तो इसका सीधा सा मतलब यह भी है कि मैक कार्थी उस व्यक्ति को जानता था जिसका कि वो वहां इन्तजार कर रहा था।" डॉ वाटसन ने आगे कहा – "चलो यह तो मान लिया कि ऐसा हो सकता है लेकिन फिर A RAT...जैसे शब्दों का क्या मतलब हो सकता है।"

शरलॉक होम्स ने इसके जवाब में एक मुड़ा हुआ पेपर निकाला। उसे थोड़ा सा खोलते हुए शरलॉक ने कहा – "यह विक्टोरिया की एक कॉलोनी का नक्शा है। देखो इस पर क्या लिखा दिख रहा है?"

डॉ. वाटसन ने देखा तो उसके चेहरे पर हैरानी के भाव प्रकट हुए | पेपर अभी भी पूरा नहीं खुला था | उस पर लिखे हुए शब्द डॉ. वाटसन को साफ़ दिखाई पड़ रहे थे जोकि इस प्रकार थे – 'ARAT...!'

"अब मैं इस पूरे पेपर को खोल रहा हूं |" शरलॉक होम्स ने आधे फोल्ड किये हुए पेपर को पूरा खोल दिया | अब वहां पर 'BALLART' लिखा दिखाई पड़ने लगा | उस शब्द को देख कर डॉ. वाटसन की आंखें फटी की फटी रह गईं | मुंह से आश्चर्य के साथ निकला – "अरे ! तो इसका मतलब जो शब्द जेम्स ने सुने वो इसी शब्द का आधा हिस्सा थे |"

"हां ! यह वास्तव में आस्ट्रेलिया में एक जगह का नाम है | वास्तव में मैक कार्थी बताना चाहता था कि हत्यारा जो भी है वो बालार्ट से है | जेम्स उन शब्दों का अर्थ ठीक से नहीं लगा पाया | उसने केवल A RAT... सुना|"

डॉ. वाटसन बुत सा बना शरलॉक के रहस्योद्घाटन को सुन रहा था | शरलॉक ने आगे कहा – "जेम्स ने अपने बयान में ग्रे कोट का जिक्र किया था | अब हम यह मान लेते हैं कि हत्यारा जो भी था वो आस्ट्रेलिया से था और ग्रे कोट पहने था |

मैं जब पूल से मुख्य सड़क की तरफ गया था तो ऐसा करने के पीछे मेरा मकसद उस अज्ञात इंसान के कदमों के निशानों को देखना था | मैंने पाया कि उसके दायें पांव के शू का दबाव बायें पांव के शू के दबाव से बहुत हल्का था | इसलिये मैंने कहा था कि वो तीसरा इंसान जो उस वक्त वहां आया था उसकी दायीं तरफ की टांग कुछ कमजोर थी |

चलते समय वो अपने शरीर का सारा वजन बायीं टांग पर ही रखता था जिससे उस तरफ के शू का जमीन पर दबाव अधिक पड़ता था |"

"चलो यह तो ठीक है मान लिया | पर तुमने कहा था कि वो लेफ्ट-हैंडर है | यह बात तुम्हें कैसे पता लगी |"

"पोस्टमार्टम रिपोर्ट में पढ़ी सिर पर बने जख्म की प्रकृति को देख कर|"

"उस जख्म की रिपोर्ट तो मैंने भी पढ़ी थी |"

"तुमने ध्यान से नहीं पढ़ी थी | मैककार्थी पर उसके पीछे से हमला हुआ था | तुमने ही मुझे बताया था कि उसकी बायीं तरफ की खोपड़ी टूट गई थी | अब सोचो | यदि हमला दोनों हाथों में पकड़े हुए पत्थर से पीछे से होता तो खोपड़ी पीछे से टूटती | हमला एक हाथ में थमे पत्थर से हुआ |

यदि पत्थर दायें हाथ में था तो चोट खोपड़ी के दायीं तरफ होती और फ्रेक्चर उधर ही होता | जबकि खोपड़ी में फ्रेक्चर हुआ बायीं ओर | इसका सीधा सा मतलब निकलता है कि हत्यारा 'लेफ्टी' यानि 'खब्बू' है | जिस समय जेम्स अपने पापा से लड़ रहा था उस समय हत्यारा पेड़ के पीछे छुपा हुआ था | जेम्स के निकलते ही उसने मैक पर पत्थर की घातक चोट कर दी|

मैंने एक बात और भी कही थी कि हत्यारा इंडियन सिगार पीता है | मैंने वहां पर सिगार की राख और सिगार का कटा हुआ हिस्सा भी वहां देखा था | सिगार का ब्रांड जानने के लिये मैंने लगभग एक सौ चालीस अलग तरह के सिगारों और उनके तम्बाकू और उनकी राख की जांच की थी|

सिगार को पीने के लिये वो पाईप का इस्तेमाल करता है | तुमने देखा होगा कि कुछ लोग सिगार को सिगार-पाईप के अगले हिस्से में लगा कर उसके कश लेते हैं |"

"यह कैसे पता लगा ?" डॉ. वाटसन का मुंह भाड़ की तरह खुला हुआ था |

"सिगार का पिछला हिस्सा होंठों में दबने के कारण गीला हो जाता है जबकि हत्यारे द्वारा पीये गये सिगार का पिछला हिस्सा गीला नहीं था |"

"और चाकू रखने की बात तुम्हें कैसे पता लगी ?"

"सिगार को पीने से पहले उसके निचले हिस्से को थोड़ा तोड़ा जाता है लेकिन सिगार के हिस्से को किसी तेज धार हथियार से काटा गया था | इसी से मैंने अनुमान लगाया कि हत्यारा पेन नाईफ भी रखता है जिसे फोल्ड करके आसानी से जेब में रखा जा सकता है |"

"लेकिन आखिर वह कौन है ?"

"जॉन टर्नर !" इससे पहले कि शरलॉक इस नाम का खुलासा करता एक आवाज वहां गूंज उठी | सबकी निगाहें आवाज की दिशा में उठ गईं |

उधर से दो लोग भीतर आते दिखाई दिये | उनमें से एक होटल का वेटर था जिसने एक बहुत बूढ़े और बीमार से दिखते व्यक्ति को सहारा दे रखा था | बूढ़ा देखने में अमीर व्यक्तित्व का मालिक लगता था | उपरोक्त शब्द वेटर ने बोले थे | उसे देखने से लगता था कि वो काफी समय से बीमार है |

शरलॉक ने उन दोनों को देख कर उन्हें बैठने का इशारा किया | टर्नर थोड़ा लंगड़ाता हुआ आगे बढ़ा था | उसकी दायीं टांग में कोई नुक्स था | डॉ. वाटसन मन ही मन शरलॉक की इन्वेस्टिगेशन की तारीफ़ किये बिना ना रह सके | उन्होंने टर्नर को देखे बिना ही उसकी टांग के इस नुक्स को भांप लिया था |

बूढ़े व्यक्ति ने उसकी तरफ बढ़ते हुए कहा – "तुम्हारा भेजा नोट मुझे मिल गया था मिस्टर शरलॉक | मेरा नाम जॉन टर्नर है | तुम मुझसे क्यों मिलना चाहते थे ?"

"वजह शायद आप जानते हैं | लेकिन फिर भी मैं आपको बता देता हूं | वजह है मैक कार्थी | आपको इस बात की खबर जरूर होगी कि उसका किसी ने बेदर्दी के साथ कत्ल कर दिया है |"

"हां ! मैंने सुना है | आखिर वो मेरा दोस्त था | लेकिन मुझे जेम्स के बारे में जान कर दुःख हुआ | उसे जेल में नहीं होना चाहिये था |"

"इसीलिए आपको बुलवाया गया है मिस्टर टर्नर कि आप सच बयान करें |"

टर्नर के चेहरे पर निराशा फ़ैल गई | उसने कहना शुरू किया – "जेम्स के जेल जाने की बात सुन कर मैं सच बताना चाहता था लेकिन मैं अपनी बेटी के कारण चुप रहा | वो यह बात कभी बर्दाश्त नहीं कर पाती कि मैं ही मैक कार्थी का हत्यारा हूं | हां ! मैंने ही उसकी हत्या की है |"

सब उसकी तरफ देख रहे थे | उसने आगे कहा – "मिस्टर शरलॉक होम्स ! मैं आखिरी घड़ियाँ गिन रहा हूं | मेरी बीमारी मुझे पल-पल मार रही है | मैं आपसे विनति करता हूं | मेरे गुनाह के लिये मुझे भले ही हॉउस अरैस्ट कर लिया जाये पर मुझे जेल ना भेजा जाये |" टर्नर की आंखें भीग आईं थीं |

"मैं पुलिस का आदमी नहीं हूं | यह अधिकार मेरे हाथ में नहीं है | मैं बस एक बात जानता हूं कि जेम्स बेगुनाह है | उसे सजा नहीं मिलनी चाहिये | मेरा मकसद उसे छुड़वाना है |"

यह कहने के साथ ही शरलॉक ने एक कोरा कागज उसके सामने रख दिया | फिर बोला – "आप इस पर अपना बयान दर्ज करवा दें कि सच क्या है ? मैं आपको भरोसा दिलाता हूं कि आपके इस लिखित बयान का प्रयोग

मैं तभी करूंगा जब जेम्स किसी भी कोशिश से सजा से बचता हुआ नहीं दिखेगा। उससे पहले नहीं।"

बूढ़े टर्नर से सभी को हमदर्दी हो रही थी लेकिन उसने कत्ल जैसा संगीन गुनाह भी किया था। शरलॉक उसका बयान लिखने लगा – "यह कहानी बहुत पहले ही शुरू हो चुकी थी। आस्ट्रेलिया में मैं एक गैंगस्टर था।"

उसकी बात सुनकर डॉ. वाटसन थोड़ा पीछे खिसक गये। टर्नर आगे बोला – "मैं अपने गैंग का सबसे खूंखार लीडर था। मेरी गैंग का नाम बालार्ट था। मेरी गैंग का नाम सुनकर लोगों की पैंटें गीली हो जाती थीं। अंडरवर्ड पर राज करता था मैं। डाका, राहजनी जैसे कई मामलों में पुलिस को मेरी तलाश थी।

मेरे गैंग में छह लोग थे लेकिन उसमें से उस वक्त तीन मारे गये जब हमने एक गोल्ड से भरी वैगन को लूटने की कोशिश की | मैक कार्थी उस वैगन का ड्राईवर था | मैंने उसे गन की नोक पर ले कर उस लूट को अंजाम दिया था | उस वक्त उसकी सिट्टी-पिट्टी गुम थी | मैंने भी उसकी जान नहीं ली थी |

मैं अपने बचे-खुचे आदमियों के साथ वहां से सोना लूट कर भाग गया | हमने सोना आपस में बांट लिया | उसके बाद पुलिस की सरगर्मी बढ़ने से मैं इंग्लैंड आ गया | सोना इतना ज्यादा था कि अब हमें और लूटपाट करने की जरूरत नहीं थी | मैंने अच्छा नागरिक बन कर रहने का फैसला किया |

मैंने गलत काम छोड़ दिये और शादी कर ली | उस शादी से मुझे एक बेटी मिली | एलिस | मेरी प्यारी सी गुड़िया बेटी | मैं उस जिंदगी से खुश था | फिर एक दिन मेरी पत्नी मुझे और एलिस को हमेशा के लिये छोड़ कर चली गई | मैंने एलिस को मां और बाप का प्यार दिया |

लेकिन मेरे गुनाह मेरा पीछा कर रहे थे | एक दिन लीजेंट स्ट्रीट पर पर मेरी मुलाक़ात मैक कार्थी से हुई | वो अपने इकलौते बेटे के साथ था | गरीबी के कारण उसकी हालत खराब थी | उसने मुझे देखते ही पहचान लिया | मैंने उसे बताया कि अब उसे मुझसे डरने की कोई जरूरत नहीं थी |

उसने मुझसे पैसे की मांग की | उसके शब्दों में छुपे धमकी भरे लहजे को मैं समझ गया था | एक तरह से वो मुझे ब्लैक मेल कर रहा था कि यदि उसने मुझे पैसे ना दिये तो वो उसकी पोल पुलिस के सामने खोल देगा | मैं मजबूर था | मैं उस जिंदगी को खोना नहीं चाहता था |

मैंने उसे अपना फार्म हॉउस बिना किसी किराये के रहने को दिया | लेकिन यह तो शुरुआत थी | मेरी मजबूरी का फायदा उठा कर वो मेरी धन-दौलत को चूसने लगा | मैं चुपचाप उसकी मनमानियों को बर्दाश्त करता रहा | फिर उस दिन मेरे सब्र का प्याला भर गया जब उसने अपने बेटे जेम्स के लिये मेरी बेटी का हाथ मांगा |

वास्तव में वो जानता था कि मेरे बाद मेरी सारी दौलत की मालकिन मेरी बेटी ही थी | ऐसा करके वो मेरी सारी जायदाद पर कब्जा करना चाहता था | उसकी बात सुन कर मैं गुस्से से पागल हो गया | मैंने उसके प्रोपोजल को ठुकरा दिया | उसके मुझे फिर से धमकी दी कि उसकी बात नहीं मानी तो इसका अंजाम ठीक नहीं होगा |

उसने मुझे एक और बातचीत के लिये बोस्कोम्बे पूल पर बुलाया | मैं जाने के लिये मजबूर था | जब मैं वहां पहुंचा तो तब तक मैक कार्थी वहां नहीं आया था | बेचैनी में मैंने सिगार निकाल कर पीया | मैं फैसला नहीं कर पा रहा था कि क्या करूं ? मैक कार्थी आ चुका था | मैं अभी भी पेड़ के पीछे छुपा हुआ कशमकश में था |

मैक ने शायद सिगार की गंध से मुझे भांप कर मुझे 'कुई' कह कर पुकारा | उसे लगा था कि शायद मैं आ गया हूं | लेकिन इससे पहले कि मैं पेड़ के पीछे से बाहर आ जाता |

तभी उसका बेटा जेम्स वहां आ गया | उसका ध्यान मुझसे हट गया | उनमें इसी बात को लेकर तकरार हुई | वो मैक की बात मानने को तैयार नहीं था | मुझे यह बात क़ुबूल नहीं थी कि मेरी मासूम बेटी की शादी उसके बेटे से हो जाये और वो उसके पैसे के दम पर उस पर हुकुमत करे | जेम्स गुस्से में चला गया |

मैं नफरत से भर उठा | मेरे पास उसे मारने के अलावा दूसरा कोई रास्ता नहीं बचा था | काश जेम्स की गन मेरे पास होती तो मैं उसी वक्त उसे गोली मार देता | पर जेम्स के जाते ही मैंने उस पर पत्थर से प्रहार कर दिया | वो चिल्ला कर गिर पड़ा | मैं वहां से भागा | तभी जेम्स उसकी चीख सुनकर वापस लौट आया |

मैंने मैक को उसकी बाहों में दम तोड़ते देखा | जिस समय उसका ध्यान मैक की तरफ था उसी समय मेरा ध्यान अपने ग्रे कोट की तरफ गया जो कुछ दूर गिरा पड़ा था | मैं घबरा गया क्योंकि वो कोट मुझे फंसा सकता था | मैंने चुपके से जाकर उसे उठा लिया और वहां से निकल गया |

इतना बताने के साथ ही टर्नर ने गहरी सांस ली फिर बोला – "मुझे अपने किये का कोई पछतावा नहीं है मिस्टर शरलॉक | उस जैसे आदमी को जिन्दा रहने का कोई अधिकार नहीं था और मैंने उससे वो अधिकार छीन लिया | हालांकि जानता हूं कि इंसानियत के नाते यह गलत था |"

"ओ.के. मिस्टर टर्नर ! मुझे आपसे हमदर्दी है | सजा का मतलब जेल ही नहीं होता | सजा का असली उद्देश्य मुजरिम में सुधार लाना होता है | आपने स्वयं ही अपने भीतर के अपराधी को मार डाला | और इस वक्त आपकी उम्र उन सब गुनाहों के लिये सजा पाने की नहीं है | मैंने आपके बयान की कॉपी रख ली है लेकिन मैं आपको भरोसा दिलाता हूं कि इसका

इस्तेमाल मैं कोर्ट में तभी करुंगा जब निर्दोष जेम्स को मैं किसी भी तरीके से इस केस से बरी होता नहीं देखूंगा |"

उसके बाद कोर्ट की कार्रवाही में जेम्स के गुनाह को सिद्ध नहीं किया जा सका | शरलॉक ने उसे बेगुनाह सिद्ध करने में कोई कसर नहीं छोड़ी | उसने सिद्ध किया कि हत्यारा जेम्स नहीं है | और वो इसमें सफल रहा | अब हत्यारा कौन है इसका पता पुलिस चलाती रहे |

हालांकि लेस्टरेड जान गया था कि शरलॉक हत्यारे को पहचान गया है लेकिन उसके पास हत्यारे को साबित करने के सबूत नहीं थे | जेम्स को 'बेनेफिट ऑफ डाउट्स' मिल गया | उसे बरी कर दिया गया |

इस घटना के सात महीने बाद ही टर्नर की बीमारी से मौत हो गई | बाद में एलिस और जेम्स ने भी शादी कर ली | शरलॉक ने अपनी तरफ से केस समाप्त करते हुए कहा – "इन्वेस्टिगेशन का असली मतलब असली अपराधी तक पहुंचना ही होता है | इसमें जरा सी चूक भी असली अपराधी को बचा सकती है और किसी निर्दोष को फंसा सकती है | केस को सॉल्व करने की केवल वाहवाही लूटना ही इन्वेस्टिगेटर का मकसद नहीं होना चाहिये | असली अपराधी को उसके अंजाम तक पहुंचाना उसका असली मकसद होना चाहिये| देर भले ही हो पर अंधेर ना हो !"

"शरलॉक की नजर से... हत्यारा छुप नहीं सकता !!!!" डॉ. वाटसन ने मुस्करा कर कहा |

तब तक शरलॉक ने अपना पाईप सुलगा लिया था |

❑

पहला केस !

(The Gloria Scott)

पहला प्यार | पहली जॉब | पहला बच्चा | किसी की जिंदगी में कुछ भी पहली बार होता है तो वो उसे जीवन भर याद रहता है | उससे जुड़ी यादें बुरी भी हो सकती हैं और अच्छी भी | खट्टी-मीठी भी |

सर्दियों की उस शाम डॉ. वाटसन और शरलॉक होम्स के पास करने को कुछ खास नहीं था | शरलॉक ने अपना पाईप सुलगा रखा था | वो धीमे-धीमे उसके कश ले रहा था | डॉ. वाटसन अलाव पर हाथ ताप रहे थे |

फुर्सत के पलों को वे अक्सर ऐसे ही एन्जॉय करते थे | फुर्सत के पल ही कुछ सिमट चुकी यादों को भी कुरेदने का अवसर देते हैं | एकाएक डॉ. वाटसन के दिमाग में एक विचार कौंधा – "मुझे याद है डॉक्टर के रूप में मेरा पहला केस |" शरलॉक ने चौंक कर उसकी तरफ देखा |

डॉ. वाटसन ने आगे कहा – "वो एक घायल फौजी जवान था | उसकी ऐड़ी में गोली लगी थी | वो दर्द से तड़प रहा था | मुझे ऑपरेशन करके उसके पांव में लगी गोली को निकालना था | उस वक्त मेरे हाथों में कुछ कम्पन्न था | मन में कुछ घबराहट थी | लेकिन विश्वास भी था कि यह मेरा काम है | मैं इसे पूरा कर लूंगा | मैंने अपने पहले काम को पूरा किया |"

"गुड ! तुम्हारे उसी विश्वास ने तुम्हें आज एक अच्छा डॉक्टर बनाया है |"

"हां ! पर मैंने अपनी तारीफ़ सुनने के लिये यह यह सब नहीं बताया |"

"जानता हूं तुम जानना चाहते हो कि मेरा पहला केस क्या था ?"

"अरे ! यह कैसे जाना ?"

"तुम्हारी नेचर को मैं जानता हूं | तुमने यह बात अपनी तारीफ़ करवाने के लिये तो मुझे नहीं बताई होंगी | तो यकीनन तुम मुझसे यह बात जानने के लिये उत्सुक होगे कि मेरा पहला केस क्या था ?"

"ओह ! मैं भूल क्यों जाता हूं कि मैं मास्टर डिटेक्टिव के सामने बैठा हूं।"

"चलो जब जिक्र छिड़ा ही है तो बताता हूं।" इतना कहने के साथ शरलॉक उठा और लगभग एक फुट लम्बा एक सिलेंड्रिकल पुराना सा एक डिब्बा उठा कर लाया। ये एक बड़े पाउडर के डिब्बे की तरह था। उसका ढक्कन ऊपर से बंद था। शरलॉक ने कुछ ताकत लगा कर अपने नाखूनों की मदद से डिब्बे का ढक्कन खोला।

डॉ. वाटसन जानते थे कि कुछ रोमांचक होने जा रहा है। वो शरलॉक की गतिविधि को ध्यान से देख रहे थे।

डिब्बे में कुछ पेपर्स फोल्ड किये हुए रखे थे। शरलॉक ने अपनी उंगलियों में फंसाते हुए एक रोल किये हुए कई पेपर्स में एक पेपर को बाहर निकाला। डॉ. वाटसन की उत्सुकता बढ़ने लगी थी। शरलॉक ने रोल किये

हुए उस पेपर को खोला तो डॉ. वाटसन लगभग उसमें झांक कर यह देखने ही लगे थे कि आखिर उसमें क्या है ?

"यह है मेरे जीवन की वो कत्ल पहेली जिससे मेरा पहली बार एक डिटेक्टिव के रूप में सामना हुआ |"

"ओ वाऊ ! इंट्रस्टिंग ! लाओ दिखाओ !"

डॉ. वाटसन ने वह पेपर शरलॉक के हाथ से ले लिया और उसे देखने लगा | उस पर कुछ लिखा था – 'खेल खिलाड़ी खत्म अनाड़ी हो जुगाड़ी चुका लंदन है | हडसन अंग्रेज ने बर्बाद सब किया कुछ भी बता नहीं दिया छोड़ा है | अपनी लेकर जान, मुर्गी बचाओ !'

"ये क्या है ?" उन शब्दों को पढ़ते हुए डॉ. वाटसन की खोपड़ी घूम गई थी | वो बार-बार उन पंक्तियों को पढ़ने लगा | बार-बार उन्हें समझने की कोशिश करने लगा | लेकिन उसके लिये वे पंक्तियां ढाक की तीन पात के समान ही थीं | शरलॉक उसकी हालत पर मुस्करा रहा था – "सब कुछ बहुत आसान है | कोशिश करो | पहेली में कुछ मुश्किल नहीं है |"

डॉ. वाटसन एक बार फिर उसे हल करने में जुट गये | पर नाकामी उनकी सूरत से ही दिखाई पड़ रही थी | शरलॉक ने खुल कर ठहाका लगाया | डॉ. वाटसन ने हथियार डालते हुए कहा – "यार अब कुछ बताओ तो !"

"इससे पहले मैं तुम्हें इस पहेली के बारे में कुछ बताऊं तुम्हें कुछ और भी जानना चाहिए यानी तुम्हारे पास इसे हल करने के लिये थोड़ा और समय है |" शरलॉक ने पाईप का एक कश लिया |

फिर आगे बोला – "डॉ. वाटसन ! तुम जानते हो कि मैं कितने रिजर्व नेचर का इंसान हूं | उन दिनों भी मैं ऐसा ही था | ज्यादा लोगों से मुलाकात नहीं करता था | इस कारण मेरा अपना सामाजिक दायरा काफी तंग था | उन्हीं दिनों संयोग से मेरी मुलाकात हुई मिस्टर विक्टर ट्रेवर अर्थात जूनियर ट्रेवर से | इसमें संयोग ऐसा था कि उस दिन 'वॉक' करते समय उसके कुत्ते ने मुझे काट लिया था |

मैं दस दिनों तक अस्पताल में रहा | इस बीच विक्टर जूनियर हर रोज अस्पताल मेरा हाल-चाल पूछने आता था | इससे हमारे बीच दोस्ती सी हो गई थी |

फिर जब मैं ठीक हुआ तो उसके साथ लगभग एक महीने तक डोनेथोर्पे में रहा | वो एक बहुत ही खूबसूरत जगह थी | विक्टर ने मुझे स्वस्थ देख कर खुशी व चैन की सांस ली थी | वहां उसने मुझे अपने पापा ट्रेवर सीनियर से मिलवाया |"

यह सब सुनते हुए भी डॉ. वाटसन का दिमाग अभी भी उस पहेली में उलझा हुआ था | शायद वो अभी भी उसे हल करने की कोशिश में जुटे हुए थे | अब यह बात और थी कि सफलता अभी भी उनसे कौसों दूर थी |

शरलॉक ने आगे कहा – "मैंने एक प्राईवेट जासूस के रूप में जब उन्हें अपना परिचय दिया तो ट्रेवर सीनियर को लगा कि मैं अपने पेशे के साथ-साथ अपनी आर्ट की बढ़ाई कर रहा हूं | इसे हिंदी में कहते हैं अपने मुंह मियां मिट्ठू बनना | शायद वो मेरी जासूसी की काबलियत को परखना चाहता था |"

उसने मुझे घूरते हुए कहा – 'वेल मिस्टर शरलॉक होम्स ! यदि आप इतने ही जीनियस जासूस हैं तो मुझे देख कर मेरे बारे में कुछ बतायें |' उसके होंठों पर एक हल्की सी मुस्कान फ़ैल गई |

ये मेरे लिये भी एक चुनौती की तरह था क्योंकि पहली बार किसी ने मुझसे ऐसा कहा था | मैं घमंडी नहीं था लेकिन चूंकि ये मेरा प्रोफेशन भी था इसलिये मैंने उसे सामान्य सी बात मानते हुए ट्रेवर सीनियर के बारे में बताना शुरू किया – 'मिस्टर ट्रेवर ! आप किसी से डरते हैं !'

'क्या मतलब ?' उसके होंठों से अचानक जैसे हंसी गायब हो गई |

'आपकी आंखों में उस डर की परछाई को साफ़ देखा जा सकता है मिस्टर ट्रेवर सीनियर | आपकी आंखें एक अंजान भय से सहमी-सहमी सी रहती हैं |'

वो बेचैन नजर आया |

'आप शरीर से हट्टे-कट्टे होते हुए भी अपने साथ एक भारी वाकिंग स्टिक यानि छड़ी रखते हैं | शायद उस अंजान खतरे से अपनी सुरक्षा के लिये | आपको ऐसा लगता है जैसे आप किसी भेडिये के चंगुल में फंसे है और वो कभी भी आप पर जानलेवा हमला कर सकता है ?'

इस पर उसने बताया – 'हां मिस्टर शरलॉक ! आप बिल्कुल ठीक कह रहे हैं | कुछ समय पहले मैंने पोचर्स के एक गैंग को पकड़वाया था | वो एक

खतरनाक गैंग था | मुझे उससे धमकियां भी मिलीं इसलिये इस छड़ी को आत्मरक्षा के लिये मैं अपने साथ रखता हूं | हालांकि यह छड़ी पूरी सुरक्षा नहीं है लेकिन इससे ज्यादा मैं क्या कर सकता हूं |'

मैंने आगे बताना शुरू किया – 'बॉक्सिंग आपका फेवरिट गेम है |'

'अरे !' जूनियर ट्रेवर चौंका – 'यह तुमने कैसे जाना ?'

'तुम्हारे पापा के कान देख कर | जरा देखो तो इन्हें | ये बॉक्सिंग के 'पंच' से चपटे हो चुके हैं |'

उसकी बात सुनकर मिस्टर ट्रेवर सीनियर मुस्कराये बिना ना रह सके | उन्होंने उसकी पॉवर ऑफ ऑब्जर्वेशन की तारीफ़ की | आखिर में मैंने उन्हें बताया कि – 'आप का सम्बन्ध जे. ए. नाम के किसी ऐसे इंसान से रहा है जिसे अब आप पसंद नहीं करते |'

यह सुनते ही ट्रेवर सीनियर पर प्रतिकूल प्रभाव पड़ा | उसके हाथ-पांव फूल गये | वो जैसे सदमे में चला गया | उसे लगा जैसे वो अपने पांवों पर खड़ा ना रह सकेगा | उसकी टांगें इस तरह कांप गईं जैसे वो गिर ही पड़ेगा| और वो सचमुच गिर ही पड़ा | यह देख कर विक्टर जूनियर और मैं भी घबरा गये |

वो भाग कर कुछ पानी लाया और पानी के छींटें मारने पर उसे तुरन्त ही होश भी आ गया | होश में आने पर उसने इस बात के लिये माफ़ी मांगी कि उसकी वजह से मुझे परेशानी हुई | उसने एक बार फिर मेरी तारीफ़ की | विक्टर जूनियर ने मुझसे पूछा – 'लेकिन तुम्हें जे. ए. वाली बात का कैसे पता चला ?'

'इनकी शर्ट की आस्तीनें ऊपर को फोल्ड हैं और कलाई पर जे. ए. के इनिशियल गुदे हुए साफ़ दिखाई पड़ रहे हैं जिन्हें मिटाने की भी पूरी कोशिश की गई है | कोशिश कामयाब नहीं हुई लेकिन इसी से मेरी यह थिओरी बनी | यदि इनके सम्बन्ध आज भी इस नाम से अच्छे होते तो ये उन इनिशियल्स को मिटाने की कोशिश ना करते |'

शरलॉक होम्स की बातें सुनते हुए डॉ. वाटसन भी मन ही मन उसकी काबलियत की तारीफ़ किये बिना न रह सके | वाकई क्या दिमाग पाया है! किसी इंसान के प्रति क्या स्टडी है उसकी ?

कोई कैसे देख रहा है ? कैसे खड़ा है ? उसके चेहरे पर क्या हाव-भाव हैं ? उसका पहनावा ? उसका हुलिया ? कुछ भी तो उसकी निगाहों से नहीं छुपा रहता था |

उफ़ !

एक इन्वेस्टिगेटर को सचमुच ऐसा ही जीनियस होना चाहिये | सचमुच मास्टर डिटेक्टिव था शरलॉक होम्स !

"आगे सुनो !" शरलॉक होम्स ने बताया – "इसके बाद जैसे उसके पास शब्द ही खत्म हो गये | उसे मेरी योग्यता पर कोई संदेह ना रहा था | फिर एक शाम जब हम लॉन में बैठे थे तो ट्रेवर के नौकर ने आकर किसी के आने की खबर ट्रेवर सीनियर को दी | कोई उससे मिलना चाहता था |

हम तुरन्त ही उसे देखने बाहर गये | ट्रेवर को देख कर ऐसा लग रहा था जैसे उसने उसे नहीं पहचाना था | वो एक मझले कद का इंसान था | उसके कपड़े फटे हुए और गंदे थे | उसकी दाड़ी कुछ बढ़ गई थी | वो बेहद बदहवास बेहाल सा जान पड़ रहा था | उसके पास से ब्रांडी की तेज गंध आ रही थी | मैंने अनुमान लगाया कि वो शिप पर काम करने वाला एक नाविक था |

ट्रेवर ने उससे पूछा – 'तुम कौन हो और तुम्हें मुझसे क्या काम है ?'

उसके ऐसे सवालों पर आगंतुक के चेहरे पर कठोर भाव आ गये | उसने घूर कर ट्रेवर को देखा फिर बोला – 'क्या तुम सचमुच मुझे नहीं पहचान रहे ? ध्यान से देखो मुझे !'

'ओह ! क्या तुम हडसन हो ?'

'शुक्र है तुमने मुझे पहचान लिया | मुझे खुशी हुई कि तीस साल पुराने हमारे रिश्तों को तुम भूले नहीं |' वो मुस्कराया तो उसके पीले गंदे दांत भी दिखाई पड़े | वो आगे बढ़ आया फिर बोला – 'मैं यहां कुछ दिन रुकना चाहता हूं | यदि तुम्हें इस पर कुछ ऐतराज है तो फिर मैं मिस्टर बैडोज के पास जाऊंगा | उम्मीद है तुम उसे भी भूले नहीं होंगे |'

यह सुनते ही ट्रेवर सीनियर का चेहरा सफेद पड़ गया | उसने उसका हाथ पकड़ते हुए कहा – 'तुम जब तक चाहो यहां रह सकते हो ? शायद तुम्हें भूख लगी होगी | तुम किचन में जाकर कुछ खा लो फिर आराम से बातें करेंगे |'

मैंने उन दोनों की मुलाकात को ज्यादा तवज्जो नहीं दी | उसके बाद अगले दिन मैं ट्रेन पकड़ कर लंदन वापस लौट आया और अपने काम में व्यस्त हो गया | फिर करीब एक माह बाद मुझे विक्टर जूनियर का एक टेलीग्राम मिला | वो किसी परेशानी में बुरी हालत में था | वो मेरी मदद चाहता था | मैं उसे इनकार नहीं कर सका |

वो मुझे स्टेशन पर लेने आया | हम घोड़ा गाड़ी से जा रहे थे | रास्ते में उसने बताया कि सारी परेशानी की शुरुआत हुई थी उस नाविक हडसन के आने के बाद जो उनके साथ एक रिफ्यूजी की तरह रह रहा था |

उसने बताया कि – 'मेरे पापा ने उसे बागवानी के काम पर लगा दिया था | मैंने पापा को हमेशा उससे दबते पाया | पता नहीं क्यों वो उससे भयभीत रहते थे | उसे बागवानी का काम पसंद नहीं आया तो उन्होंने उसकी इच्छा से उसे बटलर बना दिया | बटलर बनने के बाद वो दूसरे नौकरों पर हुक्म चलाने लगा | उसे ऐसा करने से रोकने की बजाए पापा ने उसे और शह दी और उसकी सैलरी बढ़ा दी |

पापा से उसका व्यवहार बहुत गलत होता जा रहा था | एक दिन उसने मुझसे भी बदतमीजी की जिससे नाराज होकर मैंने उसे मार-पीट कर

किचन से बाहर निकाल दिया | वो आग-बबूला होकर घर छोड़ कर जाने लगा | पापा ने यह सुना तो वो उसे मनाने लगे | उन्होंने मुझे उससे माफ़ी मांगने को कहा | लेकिन मैंने माफ़ी मांगने से इनकार कर दिया |

वो यह कहता हुआ चला गया कि अब वो बैडोज के यहां जाकर रहेगा| मेरे पापा ने दयनीय निगाहों से मेरी तरफ देखा कि शायद मैं उसे रोकने की कोशिश करुंगा | लेकिन मैंने उसकी बदतमीजियों को और बर्दाश्त ना करने का फैसला कर लिया था | उसके चले जाने के बाद मैंने पापा को काफी अपसेट देखा | वो अपने कमरे में चले गये थे |

मैं ध्यान से विक्टर की बातों को सुन रहा था | मैंने हडसन को पहले विक्टर सीनियर के साथ देखा था | उसका व्यवहार मुझे भी अजीब लगा था | उस वक्त भी उसने किसी बैडोज का जिक्र किया था | उसने आगे बताया – 'कुछ दिन बाद एक लैटर पापा को मिला |

लैटर हेम्पशायर से भेजा गया था | उस पत्र ने पापा पर जैसे कहर सा ढाया | उसे पढ़ते ही पापा की सांसें तेज गति से चलने लगीं | उनके चेहरे पर हवाईयां उड़ने लगीं | वे सकते में खड़े रह गये | उनका जिस्म पसीने से नहा गया | धड़कनें जैसे धाड़-धाड़ कर उनके सीने पर चोट कर रही थीं |

इसके बाद वे खड़े ना रह सके | जरूर उन्हें हार्ट अटैक हुआ था | उन्हें तुरन्त अस्पताल ले जाया गया | उन्हें पैरालिसिस अटैक पड़ा | डॉक्टर्स का कहना है कि वे अधिक समय तक जिन्दा नहीं रहेंगे | तब मैं उन्हें एक डॉक्टर की देख-रेख में घर ले आया |

तभी घोड़ा गाड़ी ने एक गली में प्रवेश किया | उसके घर के आगे कुछ लोगों की भीड़ लगी थी | उनके चेहरों पर मातम साफ़ दिखाई पड़ रहा था| दोनों का दिमाग किसी अनजानी शंका से भक्क से उड़ गया | मिस्टर ट्रेवर सीनियर अब नहीं रहे थे |

विक्टर जूनियर तूफानी हवा के झौंके के समान भीतर दाखिल हुआ | उसने अपने पापा को मृत पड़े देखा | उनकी आंखें आधी खुली हुई थीं लेकिन उनमें जीवन का कोई चिन्ह शेष ना बचा था | डॉक्टर ने बताया कि विक्टर के स्टेशन के लिये निकलते ही उनका देहांत हो गया था |

उसने बताया कि मरने से पहले वे कुछ देर के लिये अपने पूरे होशोहवास में आये थे और उन्होंने बताया कि उन्होंने कुछ जरूरी पेपर्स विक्टर जूनियर के लिये अपनी जापानी कैबिनेट में रखे थे |

ट्रेवर जूनियर अपने पापा के अंतिम संस्कार की क्रियाओं को निबटाने में जुट गया और इसके बाद मैंने उस लैटर को पढ़ा जो हेम्पशायर से आया था | इसी पत्र को पढ़ने के बाद ही ट्रेवर सीनियर की वैसी हालत हुई थी | इसी के साथ ही मेरी भी आंखें अचानक गोल हो गईं |

जल्दी ही विक्टर भी वहां आ गया | मैंने उसे वो लैटर दिखाया | विक्टर उसे पहले ही देख चुका था | पत्र की भाषा उसके बिल्कुल भी पल्ले नहीं पड़ी थी | वह पत्र वही था जिसे पढ़ कर डॉ. वाटसन की भी बुद्धि चकरा गई थी | मैंने विक्टर के कहने पर उसके सामने भी उसे पढ़ा |

पत्र का मजमून इस प्रकार था – "खेल खिलाड़ी खत्म अनाड़ी हो जुगाड़ी चुका लंदन है | हडसन अंग्रेज ने बर्बाद सब किया कुछ भी बता नहीं दिया छोड़ा है | अपनी लेकर जान, मुर्गी बचाओ !'

'आखिर क्या मतलब है इसका ?' विक्टर ने पूछा |

'मैं इसे डिकोड करने की कोशिश कर रहा हूं |'

विक्टर मुझे लेकर जापानीज केबिनेट में पहुंचा – 'मरने से पहले पापा ने कुछ पेपर्स यहां रख छोड़ने की बात की थी | मुझे देखना होगा कि आखिर कैसे हैं वे पेपर्स ?'

विक्टर उन पेपर्स को खंगालता रहा | मैं उन शब्दों को डिकोड करने की कोशिश कर रहा था | सहसा विक्टर माथे पर हाथ रख कर सोफे पर बैठ गया | उसकी आंखों में आंसू थे | मैंने उसके कंधे पर हाथ रखा | उसे सांत्वना देना चाहता था | मैंने कहा – "मैंने हेम्पशायर से आये इस पत्र को डिकोड कर लिया है |"

उसकी आंखों में अभी भी आंसू थे | मैंने कहना शुरू किया- "वास्तव में पत्र भेजने वाला तुम्हारे पापा को आने वाले किसी खतरे से आगाह करना चाहता था | एक नजर में पढ़ो तो इस पत्र का कोई मतलब नहीं निकलता | लेकिन हर एक शब्द के बाद एक शब्द छोड़ कर अगर इसे पढ़ा जाये तो इसका मतलब साफ हो जाता है |

पूरा मजमून इस प्रकार है – 'खेल खिलाड़ी खत्म अनाड़ी हो जुगाड़ी चुका लंदन है | हडसन अंग्रेज ने बर्बाद सब किया कुछ भी बता नहीं दिया छोड़ा है | अपनी लेकर जान, मुर्गी बचाओ !'

अब एक शब्द छोड़ कर अगर इसे पढ़ा जाये तो अर्थ इस प्रकार बनता है – 'खेल खत्म हो चुका है | हडसन ने सब कुछ बता दिया है | अपनी जान बचाओ |'

विक्टर जूनियर ने हामी भरी – "हां | पापा ने मेरे लिये यहां जो पत्र मेरे नाम से छोड़े हैं उन्हें पढ़ने के बाद मैं समझ सकता हूं कि इस पहेली में ऐसा ही कुछ रहा होगा |"

"लेकिन मैं ये नहीं समझ सका कि तुम्हारे पापा को ये पत्र किसने भेजा है ? तुम बताओ कि आखिर तुम्हारे पापा ने क्या लिखा है इन पत्रों में ? शायद इन्हीं से कुछ जानकारी मिल सके ?"

"अब मैं कह सकता हूं कि पापा को वह पत्र ईवान ने लिखा है | पापा ने अपने पत्रों में उसका जिक्र किया है | पापा ने अपने गुनाहों को क़ुबूल किया है |"

"कैसे गुनाह ?"

"मैं पढ़ कर ही बताता हूं |" विक्टर बताने लगा – "प्यारे बेटे विक्टर ! आज मैं तुम्हें जिस सच्चाई से रूबरू करवाने जा रहा हूं उसे जानकर प्लीज मुझसे नफरत ना करना | मैं तुम्हें बताना चाहता हूं कि मेरा असली नाम वो नहीं जो दुनिया और तुम जानते हो | मेरा असली नाम है जेम्स आर्मिटेज उर्फ जे. ए. |"

यह पंक्तियां सुनते हुए शरलॉक के होंठ गोल हुए | उसे ट्रेवर सीनियर की कलाई पर गुदे हुए नाम के उन इनीशियल्स के टैटू का रहस्य समझ में आ गया था जिन्हें मिटाने की कोशिश की गई थी |

विक्टर ट्रेवर जूनियर ने आगे कहा – "मैं बैंक में काम करता था | लंदन की ब्रांच में काम करते हुए मैंने बैंक के फंड्स का गलत उपयोग किया | मैंने कुछ पैसा निकाल लिया | सोचा था कि जब मेरे पास पैसे होंगे तो फंड को पूरा कर दूंगा | एक तरह से यह चोरी ही थी | मैंने बैंक की नौकरी छोड़ दी| शहर छोड़ दिया | मैंने अपनी पहचान बदलने का फैसला किया |

मैंने अपनी कलाई पर गुदे हुए अपने नाम के इनीशियल्स को मिटाने की भी कोशिश की लेकिन मैं उसमें सफल नहीं हुआ | मैं सोचता था कि इस प्रकार मैं क़ानून को धोखा देने में सफल हो जाऊंगा मगर यह मेरी भूल थी |

कानून के लम्बे हाथ मेरी गर्दन तक आ पहुंचे | मुझे आस्ट्रेलिया से निकाल दिया गया |

उस शिप में सैंतीस और भी अपराधी थे | अधिकतर वैसे वाईट कॉलर अपराधी जिन्होंने मेरे जैसे ही अपराधों को अंजाम दिया था | उस शिप का नाम था 'ग्लोरिया स्कॉट !'

उन्हीं में ही जैक नाम का इंग्लैंड का कुख्यात धोखेबाज भी था | उसने मुझे बताया कि वे सब मिल कर शिप पर कब्जे की योजना बना रहे हैं और मुझे भी उनका साथ देना होगा | वे मुझे ट्रेवर के नाम से ही जानते थे क्योंकि मैंने अपना परिचय उन्हें उसी नाम से ही दिया था | मैं उन्हें इनकार नहीं कर सका क्योंकि उस सूरत में वो पहले मुझे ही अपने रास्ते से हटा सकते थे |

उसने मुझे सेल के दूसरे अपराधियों से भी इस बारे में बात करने को कहा | उस सेल में मेरी मुलाकात हुई ईवान से | ईवान ठगी के मामलों का मास्टर था | वो इस काम के लिये तुरन्त तैयार हो गया | मेरी भी उससे अच्छी दोस्ती हो गई | शिप का एक आदमी चैपलिन भी उस काम में जैक की मदद कर रहा था | उसने उन सब अपराधियों को गनें उपलब्ध करवा दीं थीं | लेकिन सब कुछ सोचे मुताबिक़ नहीं होता | योजना को अंजाम देने से पूर्व ही उनमें से एक अपराधी बीमार पड़ गया | डॉक्टर को बुलवाया गया | मरीज की जांच करते समय उसकी निगाह गन पर पड़ गई और उसने शोर मचा दिया |

जैक ने अब देर करना मुनासिब नहीं समझा | सभी अपराधियों ने मिल कर शिप की सिक्युरिटी पर गोलीबारी करके शिप पर कब्जा कर लिया | तय किया गया कि हम लोग शिप को छोड़ कर एक लाईफ बोट द्वारा भाग निकलेंगे क्योंकि हो सकता था कि किसी ने ग्लोरिया स्कॉट की उस घटना की रेडियो सूचना अपने अधिकारीयों तक भेज दी हो और उन्हें घेरने की कोशिश की जाये |

ग्लोरिया स्कॉट को बारूद से नष्ट कर दिया गया | संयोग से हडसन नाम का एक शातिर चोर उस बोट में छूट गया | वो शिप के अधिकारियों के कीमती सामान पर हाथ फेरने के चक्कर में था | उसे ब्लास्ट के समय उसके बाकी साथियों ने बोट के साथ ही नष्ट होते हुए देखा | इसके बाद सभी अपराधी बोट द्वारा भाग निकले |

लेकिन किस्मत को कुछ और ही मंजूर था | हमारी बोट ज्यादा दूर नहीं जा सकी | वो तूफ़ान में फंस कर चकनाचूर हो गई | शेष का क्या हुआ यह मुझे नहीं पता लेकिन मुझे और ईवान को वहां से गुजरते एक शिप ने बचा लिया | हमने शिप के अधिकारियों को अपने असली नाम ना बता कर अपने बदले हुए नाम ही बताये |

ईवान ने अपना नाम बैडोज बताया था | उसके बाद हम लंदन आ गये और अपनी पहचान छुपा कर रहने लगे | वहां से हम अलग हो गये | हम नहीं जानते थे कि ग्लोरिया स्कॉट के ब्लास्ट में हडसन बच गया था | एक दिन हडसन ने ईवान और मुझे एक रेस्तरां में मिलते हुए देख लिया |

ना सिर्फ देख लिया बल्कि पहचान भी लिया | उसके बाद वो ईवान के पास पहुंच गया | वो उसे ब्लैकमेल करना चाहता था | उसने ईवान से मेरा पता भी मालूम कर लिया |

तब ईवान ने मुझे वो खत लिखा जो कोडवर्ड में था | उस पत्र को देखते ही मेरे पांवों तले जमीन खिसक गई | मुझे लगा कि अब हमारा खेल खत्म हो गया | मैं वापस जेल जाने के डर से घबरा गया | बस यही सब मैं तुम्हें बताना चाहता था ताकि मरते समय मेरी आत्मा पर कोई बोझ न रहे |

तुम्हारा अभागा पिता !'

इतना पढ़ने के बाद विक्टर खामोश हो गया और सिर पर हाथ रख कर बैठ गया | शरलॉक होम्स ने उसके कंधे पर सांत्वना भरा हाथ रखा – "इसमें तुम्हारा कोई दोष नहीं | इस घटना से पता चलता है कि अपराध सात पर्दों में भी छुप नहीं सकता | कभी ना कभी वो बेपर्दा होता ही है |"

इतना सब बताने के साथ शरलॉक ने गहरी सांस लेकर डॉ. वाटसन की तरफ देखा |

डॉ. वाटसन ने कहा – "ओह ! तो यह थी तुम्हारे पहले केस की रोमांचक दास्तान ! सचमुच रोचक थी | गिरगिट कितना भी रंग बदले रहता गिरगिट ही है | मतलब पहचान छुपाने से असलियत नहीं बदल जाती |"

तुमने यह नही पूछा कि बैडोज और हडसन का क्या हुआ ?"

"हां ! मैं जानता हूं तुम बिना पूछे भी बताओगे ?"

"उन दोनों का कुछ पता नहीं चला | सुनी सुनाई बातें यह हैं कि किसी ने कहा कि बैडोज उर्फ ईवान ने हडसन को मार दिया था | किसी ने कहा कि दोनों एक दूसरे से लड़ते हुए मारे गये | सच जो भी हो, हकीकत ये है कि इस एपिसोड का अंत हो गया |"

शरलॉक ने देखा कि उनके पाईप की आग ठंडी पड़ गई थी |

वो उसे फिर से जलाने की कोशिश करने लगा | डॉ. वाटसन उसकी तरफ तारीफ़ भरी निगाहों से देख रहा था क्योंकि वो शब्दों की उस पहेली को अभी तक भी हल नहीं कर पाया था जबकि शरलॉक ने तब कितनी आसानी से उसे सॉल्व कर लिया था |

सचमुच मास्टर डिटेक्टिव ऐसे ही नहीं था शरलॉक होम्स !

❑

कमरे में क्या हुआ ?

(The Crooked Man)

आधी रात को आकर अगर कोई एक डॉक्टर का दरवाजा खटखटाये तो ऐसा शख्स कौन हो सकता है ? दरवाजे पर हुई खटखटाहट को सुनकर डॉ. वाटसन के दिमाग में शायद यही प्रश्न कौंधा होगा ?

निसंदेह वो कोई बीमार हो सकता है जिसे कोई इमरजेंसी पड़ गई हो और उसे डॉक्टर का पता भी मालूम हो | डॉ. वाटसन ने दरवाजे की तरफ देखा | आधी रात को इस प्रकार की हरकतों से अक्सर दिल की धड़कनें भी तेज हो जाया करती हैं |

डॉ. वाटसन भले ही फौज से रिटायर थे लेकिन फिर भी एक इंसान भी थे | इंसान के प्राकृतिक गुणों में एक घबराहट भी आती है जो उन्हें भी हुई | अपने दिल की धड़कनों को नियंत्रित करते हुए वे दरवाजे के पास पहुंचे | उन्होंने दरवाजे की सिटकनी हटाई और दरवाजा खोला | सामने खड़े शख्स पर निगाहें जाते ही उनके चेहरे पर अचानक जैसे रौनक आ गई |

सामने उसकी दहलीज पर शरलॉक होम्स खड़ा था | डॉ. वाटसन के मुंह से खुशी भरी किलकारी सी निकली – "यह तुम हो शरलॉक ! ओह ! तुमने इस प्रकार हैरान क्यों किया ?"

"तुम्हें ऐसे चौंकते हुए देखना चाहता था इसलिये |"

"चाहे डर से मेरा हार्ट ही फेल हो जाता ?"

"हां ! अगर मैं कोई भूत होता तो !" शरलॉक जोर से हंसा |

"पर फिलहाल तो तुम्हें देख कर जितनी खुशी हुई उससे मेरी उम्र कई साल और बढ़ गई |"

"लगता तो नहीं ?"

"क्या मतलब ?"

"अरे भाई खुशी हुई होती तो अंदर तो आने देते !"

"अरे हां ! आओ ! आओ !" डॉ. वाटसन शरलॉक को बड़े आदर से भीतर ले गये |

"रात यकीनन आधी बीत चुकी है पर उम्मीद करता हूं कि मैंने तुम्हें डिस्टर्ब नहीं किया होगा ?"

"अगर मास्टर डिटेक्टिव जैसा कोई इंसान आधी रात को मेरे दरवाजे पर आया है तो यकीनन बात कुछ बहुत ही गम्भीर और ऐसी भी होनी चाहिये जिसमें वो मेरी इन्वॉल्वमेंट भी चाहता है |"

"तुमने बिल्कुल ठीक कहा डॉ. वाटसन ! हम दोनों बचपन के दोस्त हैं हमारे बीच इतनी अंडरस्टेंडिंग तो बनती है ! वैसे भी केस में तुम्हारा साथ मेरे आत्मविश्वास को दोगुना कर देता है |"

"तुम नहीं जानते कि तुम्हारे साथ काम करने के लिये मैं खुद भी कितना बेसब्रा रहता हूं | कभी-कभी तो मुझे लगता है कि मैं खुद भी जासूस क्यों नहीं हूं | हाहाहा !" डॉ. वाटसन ने जोरदार ठहाका लगाया |

दोनों सोफे पर बैठ गये | शरलॉक ने आगे कहा – "केस कुछ ट्रिकी है | मामला एक खून का है | लेकिन खून कैसे हुआ ? किसने किया ? यह अभी समझ से बाहर है |"

"हुआ क्या है मतलब केस क्या है ?"

"हां ! लेकिन तुम्हें नींद तो नहीं आ रही ?"

"बिल्कुल नहीं | और तुम्हें यहां देख कर तो बिल्कुल भी नहीं !"

शरलॉक ने अपना पाईप बाहर निकाला और कुछ कहने से पहले उसे सुलगाया | फिर बोला – "मामला एल्डरशॉट में हुई कर्नल बार्कले की रहस्यमय मौत का है | वो ब्रिटिश आर्मी 'रॉयल मंस्टर्स' की रेजिमेंट में कर्नल था | फिलहाल एल्डर स्ट्रीट में उनका कैम्प लगा था लेकिन वो खुद एक कमांडिग ऑफिसर की हैसियत से वहां से कुछ दूर अपने बंगले में ही रहता था |"

शरलॉक ने धुंआ उगलते हुए कहा – "उसकी काबलियत की तारीफ़ करनी होगी कि आर्मी ज्वायन करने के बाद बहुत जल्दी ही तरक्की करते हुए वो एक साधारण सैनिक से कर्नल के पद पर जा पहुंचा | उसकी शादी एक सार्जेन्ट की बेटी से हुई, जिसका नाम है मिस नैंसी डेवोये |

शादी के बाद पति-पत्नी में हालांकि कोई इशू नहीं था लेकिन उन्हें जानने वालों को अक्सर दबी जुबान में यह कहते हुए पाया गया कि दोनों के बीच सम्बन्ध कुछ अच्छे नहीं थे | दोनों कभी भी एक-दूसरे के साथ कहीं आते-जाते नहीं थे | समस्या कर्नल बार्कले की तरफ से ना होकर शायद उसकी पत्नी की तरफ से थी | कर्नल अपनी पत्नी को वैसे ही चाहता था जैसे नॉर्मली दूसरे पति अपनी पत्नियों को चाहते हैं |

किन्तु नैंसी को अगर कहीं बाहर आना-जाना होता था तो वो अकेले ही आती-जाती थी | यह सब मुझे उसकी घोड़ा गाड़ी के चालक और उसकी दोनों नौकरानियों से पता चला है जोकि उनके साथ काफी लम्बे समय तक काम करते रहे थे |

नैंसी अक्सर चर्च की गतिविधियों में हिस्सा लेने के लिये वहां जाती थी | वहां भी वह कभी अपने पति के साथ नहीं जाती थी | वहां वह अपने साथ अपनी एक पड़ोसन दोस्त को ले जाती थी | उसकी उस पड़ोसन दोस्त

का नाम है मोरिसन | चर्च की ऐसी मीटिंग रात आठ बजे से शुरू होकर लगभग एक घंटे तक चलती थीं |

यह सिलसिला कई महीनों से बदस्तूर जारी था लेकिन पिछले हफ्ते ही वह मनहूस घटना घट गई | जब नैंसी चर्च के बाद अपने घर पहुंची | उस वक्त रात के साढ़े नौ बजे थे | वो बहुत परेशान दिख रही थी | उसने अपनी मेड सर्वेंट को एक कप चाय लाने को कहा | ऐसा कभी नहीं हुआ था कि चर्च से लौटने के बाद नैंसी ने कभी इस तरह की फर्माइश की हो तो सुन कर मेड सर्वेंट को भी अजीब लगा |

लेकिन जब नैंसी ऐसा चाहती थी तो नौकरानी ने उसे चाय दी | उसी समय कर्नल बार्कले भी वहां उसके पास पहुंचा | दरवाजा भीतर से बंद कर लिया गया | दोनों में बातें होने लगीं | इन बातों में उस नौकरानी को कोई रूचि नहीं थी क्योंकि पति-पत्नी कुछ भी बातें कर सकते थे | लेकिन उस समय उस नौकरानी के कान उधर लग गये जब पति-पत्नी की वो बातचीत तेज आवाजों में बदल गई |

आवाजें फिर चीख-चिल्लाहटों में बदलने लगीं तो उसे मामला पेचीदा लगने लगा | उसने दरवाजे को खोलने की कोशिश की तो वो नहीं खुला | दरवाजा अंदर से बंद था | उसने अपनी साथी मेड और गाड़ीवान को बताया | तीनों वहां पहुंचे और तीनों ने ही दरवाजे को खोलने की कोशिशें की | अंदर पति-पत्नी में कोई बहस छिड़ी थी | दोनों जोर-जोर से चिल्ला रहे थे |

जो कुछ उन्होंने सुना वो इस प्रकार के शब्द थे | नैंसी कर्नल पर चिल्ला रही थी – 'तुम स्वार्थी और मतलबी इंसान हो | तुम्हारे पास दिल नहीं है | तुम्हें किसी की भावनाओं की कद्र नहीं | तुम्हारे कारण मेरी जिंदगी नर्क हो गई है | मुझे मेरी जिंदगी लौटा दो |'

इसके बाद उन्होंने कर्नल की तेज चीख सुनी | अंदर क्या हुआ क्या नहीं यह कोई नहीं बता सकता था लेकिन चीख के साथ ही अंदर से किसी भारी वस्तु के गिरने का तेज स्वर गूंजा | गिरने वाली वह चीज क्या थी कहना मुश्किल था | इसके बाद अंदर गहरी शान्ति छा गई |

भयानक चुप्पी |

तीनों को किसी गडबड के होने का अंदेशा हो चुका था | लेकिन करते क्या ? दरवाजा अंदर से बंद जो था | तभी कोच को याद आया कि वो

कमरे की खिड़की से भीतर जा सकता है | कोच भाग कर उस रास्ते से भीतर गया और अंदर का दृश्य देखते ही उसके मुंह से चीख निकल गई |

उसकी समस्त नसों में अनोखा सा तनाव उत्पन्न हो गया | सात पुश्तें जैसे एक साथ कांप गईं | सामने उसके मालिक कर्नल बार्कले की लाश पड़ी थी | उसके सिर पर एक गहरा घाव था जिससे खून निकल कर तालाब सा बनाते हुए बह रहा था | मजे की बात यह थी कि नैंसी भी पास में बेहोश पड़ी थी |

बाहर से दोनों नौकरानियां दरवाजा खोलने के लिये चिल्ला रही थीं | कोच ने दरवाजे को खोलने की कोशिश की लेकिन उसका ऑटोमैटिक लॉक बंद था | कोच ने चाबी ढूंढने की कोशिश की ताकि ताला खोल सके लेकिन लाख ढूंढने पर भी चाबी उसे वहां नहीं मिली |

'कमाल है दोनों में से एक ने तो ताला लगाया होगा फिर चाबी कहां गई ?' वो बडबडाया |

वो पहले ही घबराया हुआ था | उसने बाहर आकर पुलिस को सूचना दी | पुलिस के आने पर कारपेंटर को बुलाया गया जिसने दरवाजे के बोल्ट अलग करके उसे खोला और तब पुलिस अपनी कार्रवाही शुरू कर सकी | पुलिस भी इस मामले को देख कर चकरा गई कि आखिर कर्नल की मौत किस प्रकार हुई ?

मामला आर्मी के अफसर की मौत का था इसलिये आर्मी के हैडक्वार्टर भी सूचना दी गई | मेजर मर्फी ने इस पेचीदा मामले को सुलझाने के लिये मेरे नाम की सिफारिश की | मैंने केस की इन्वेस्टिगेशन शुरू की | मैंने पाया कि कर्नल बहुत डरा हुआ था | उसकी आंखें भय से फटी हुई थीं | लेकिन एक फौजी आदमी इस प्रकार भला किससे डरने लगा ? यह बात मुझे हजम नहीं हो रही थी | यानी मरने से पहले उसने जरूर 'कुछ' ऐसा देखा था जिसने उसे बहुत डरा दिया था |

वो 'कुछ' कातिल भी हो सकता है जिसे उसने अपने बहुत पास देखा हो या इस हालत में देखा हो कि अब वो उसका मुकाबला तक करने की पोजिशन में ना रहा हो | उसे लगा हो सकता है कि उसकी मौत सिर पर है| इस ख्याल से ही कोई सूरमा भी डर सकता है |

नौकरों से बातचीत करने के बाद मैंने भी कमरे में चाबी को ढूंढने की बहुत कोशिश की पर वो मुझे नहीं मिली | चाबी का वहां ना मिलना वाकई संदेह व आश्चर्यजनक था | मैंने उसकी पड़ोसन दोस्त मोरिसन से भी

पूछताछ की लेकिन उसने भी कत्ल से जुड़ी कुछ खास जानकारी मुझे नहीं दी | नैंसी पुलिस के शक के दायरे में थी | लेकिन पुलिस इस बात का कोई जवाब नहीं दे पा रही थी कि यदि उसी ने कर्नल को मारा है तो फिर वो खुद बेहोश कैसे हो गई ?

मैंने अपना ध्यान फिर से कर्नल की दोनों नौकरानियों और उसके कोच पर किया | तब उनमें से एक नौकरानी ने दिमाग पर जोर डालते हुए मुझे बताया कि दोनों जब एक-दूसरे पर आरोप-प्रत्यारोप लगा रहे थे तो उसने नैंसी के मुंह से एक नाम सुना था 'डेविड' !"

"डेविड मारे गये कर्नल का शुरू का नाम भी तो हो सकता है जैसे डेविड बार्कले !" डॉ. वाटसन ने शरलॉक को टोकते हुए कहा |

शरलॉक ने देखा कि उसका पाईप बुझ चुका है | उसने उसे फिर से जलाया फिर आगे बोला – "ऐसा नहीं है | कर्नल का पूरा नाम जेम्स बार्कले है |"

"ओह ! खैर ! फिर क्या हुआ ?"

"फिर नैंसी को अस्पताल भेज दिया गया और कर्नल की लाश को पोस्टमार्टम के लिये |"

"इस केस में कोई दम नहीं लगता |" डॉ. वाटसन ने अपना विचार रखते हुए कहा – "साफ पता चल रहा है कि नैंसी सबको मूर्ख बना रही है | कमरे में सिर्फ वो और कर्नल थे | उसी ने कर्नल के सिर पर किसी भारी चीज से वार करके उसकी हत्या की और फिर हत्या के आरोप से बचने के लिये बेहोश होने का नाटक किया | पुलिस को गुमराह करने के लिये उसी ने ही कमरे की चाबी भी गुम की |"

"यदि ऐसा होता तो चाबी मुझे कमरे के भीतर ही कहीं पर जरूर मिलती | मैंने हर कोना छान मारा लेकिन चाबी मुझे नहीं मिली |"

"यह एक इतेफाक भी हो सकता है | हो सकता है कि चाबी बाद में कमरे में ही मिल जाये | कभी-कभी हम चीजों के बहुत करीब होते हुए भी उन तक नहीं पहुंच पाते |"

"नैंसी पर मेरे शक न करने की एक वजह और भी है |"

डॉ. वाटसन ने प्रश्न पूर्ण निगाहों से उसकी तरफ देखा | शरलॉक ने कहा – "वो वजह है खिड़की के बाहर किसी इंसान के फुटप्रिंट !"

"यानी एक और इंसान भी वहां हो सकता था ?"

"हां ! जिस कमरे में खून हुआ उस कमरे की दीवारों को संग्राहलय जैसा बनाया गया था | शायद कर्नल को कुछ एंटीक चीजें जमा करने का शौक रहा हो जैसे तलवारें, पुराने चाकू, बरछे, ढालें, गदा, इत्यादि | मेरी कहानी के हिसाब से कोई ऐसा था जो कमरे के बाहर मौजूद रह कर उनकी बातें सुन रहा था | खिड़की के रास्ते वो भीतर घुसा होगा |

उसी ने मौका देख कर कर्नल के उन्हीं एंटीक जमा किये गये हथियारों में से एक भारी हथियार उठा कर उसका वार कर्नल पर किया जिससे उसकी तत्काल मौत हो गई | वह हौलनाक दृश्य देख कर नैंसी अपने होशोहवाश कायम ना रख पाई और बेहोश हो गई |

उसके बाद हत्यारा कमरे से भागने की फिराक में रहा होगा क्योंकि कत्ल के बाद अक्सर हत्यारे को खुद को बचाना भी होता है | उसने कमरे के दरवाजे की तरफ बढ़ना चाहा | दरवाजे की चाबी उस समय अंदर से दरवाजे में ही लगी होनी चाहिये | उसने चाबी को घुमा कर ताला खोलना चाहा होगा |

लेकिन तभी बाहर शोर सुन कर नौकर इकट्ठा हो गये | उनकी वहां मौजूदगी को देखते हुए वो घबरा गया | हालांकि दरवाजा अंदर से बंद ही था पर फिर भी उसे लगा कि कहीं वो लोग दूसरी चाबी से दरवाजे को खोल ना लें |

इस डर से उसने चाबी को वहां से निकाल लिया और खिड़की के रास्ते ही वहां से भाग निकला | चाबी भी वो अपने साथ ले गया |"

"कहानी रोचक है !"

"इस रोचक कहानी में एक इंट्रस्टिंग किरदार और भी है ?"

"अरे ! भला वो कौन है ?"

"ये इंट्रस्टिंग किरदार एक छोटा चूहे जैसा पैने पंजों वाला एक जानवर हो सकता है |"

"इसका पता कैसे चला ? क्या चूहे जैसा जानवर भी वहां अपने कदमों के निशान छोड़ कर गया था ?" डॉ. वाटसन ने जैसे मजाक सा किया |

"हां ! इसमें मजाक की बात नहीं है | जानवर भी अपने निशान छोड़ते हैं | यह देखो |" कहते हुए शरलॉक ने जेब से एक फोल्ड किया हुआ कागज निकाला | उसे खोला | उस पर कुछ छोटे पंजों के निशान बने थे |

डॉ. वाटसन हैरानी से उन्हें देख रहा था | उसने कहा – "लेकिन इसमें हैरानी की क्या बात है ? बाहर गार्डन में तो ऐसे जानवर घूमते हो सकते हैं?"

"जरूर घूमते हो सकते हैं लेकिन ठीक ऐसे ही निशान मुझे कर्नल के कमरे की उसी दीवार पर लटके हुए पर्दे से भी मिले जहां उसका कत्ल हुआ | और ये संयोग नहीं है | बंद खिड़कियों से ऐसे जानवर भीतर नहीं आ सकते| इसका साफ मतलब है कि वो जानवर उस हत्यारे के साथ ही अंदर आया हो सकता है या फिर क्या पता वो उसके साथ ही हो ? अभी हमें यह भी पता नहीं है कि नैंसी चर्च से लौटते समय अचानक अपसेट कैसे हो गई थी? चर्च से घर वापस लौटते हुए उसके साथ आखिर ऐसा क्या हुआ था?"

"मुझे हैरानी है कि उसकी पड़ोसन दोस्त से तुम्हें कोई खास जानकारी क्यों नहीं मिल पाई जबकि वो तो उसके साथ रोजाना चर्च आती जाती थी |"

"मैं दोबारा मोरिसन से मिला | मैंने उसे स्थिति की गम्भीरता के बारे में बताया | मैंने उसे बताया कि उसकी चुप्पी नैंसी को खतरे में डाल सकती थी | अभी तक के हालातों के मददेनजर क़ानून उसे ही कातिल समझ रहा है | तब उसने मुझे कुछ नई बातें बताईं |

उसने मुझे बताया कि चर्च से लौटते समय हम लोग अक्सर हडसन स्ट्रीट से गुजरते थे जो अधिकतर सुनसान रहती है | हत्या वाली रात भी हम वहां से गुजरे | अचानक एक आदमी नैंसी के सामने आ गया | वो अधेड़ उम्र का था | उसने पुराने गंदे से चमकदार कपड़े पहने थे जैसे गलियों-फुटपाथों पर अक्सर हाथ की सफाई के खेल दिखाने वाले जादूगर इत्यादि पहनते हैं |

नैंसी को देख कर उसके मुंह से आश्चर्य के साथ निकला – 'ओह नैंसी ! यह तुम हो ! उफ़ ! मुझे विश्वास नहीं होता |'

नैंसी उसे यकायक पहचान नहीं पाई लेकिन जल्दी ही वो उसे पहचान गई – 'हेनरी ! ओह नो ! व्हाट ए सरप्राईज ! पर तुम... तुम तो तीस साल पहले मारे जा चुके थे |'

जल्दी ही नैंसी को मेरी उपस्थिति का एहसास हुआ और वो हेनरी को एक तरफ ले गई जहां से अब मैं उनकी बातें नहीं सुन सकती थी | वे कुछ देर तक न जाने क्या बातें करते रहे | फिर जब नैंसी उससे अलग हुई तो वो

आदमी जो भी था नैंसी से गुस्सा नजर आया | उसने मेरी तरफ आती हुई नैंसी को चेतावनी के अंदाज में गुस्से में मुक्का दिखाया | बस इससे ज्यादा वो उसके बारे में नहीं बता सकी क्योंकि नैंसी ने उसे कुछ भी नहीं बताया था |"

"तो फिर मौरिसन ने यह सब बातें तुमसे पहले क्यों छुपाई ?"

"उसका कहना है कि खुद नैंसी ने ही उसे यह सब बातें किसी दूसरे से कहने से मना किया था |"

"तो क्या ये वही इंसान हो सकता है जो कर्नल के कमरे के बाहर छुपा हुआ था और उसी ने कर्नल की हत्या भी की है ?"

"अभी मैं इस बारे में कुछ नहीं कह सकता क्योंकि मेरे पास पक्के सबूत नहीं हैं |"

"अगर वो आदमी गलियों-फुटपाथों पर कोई हाथ की सफाई दिखाने वाला है तो वो आसपास जरूर मिल सकता होगा | उस आदमी के बारे में जानने की कोशिश तो तुमने जरूर की होगी ?"

"हां ! की ! मुझे पता चला कि वो हडसन स्ट्रीट पर किराये के मकान में रहता है | मैंने उसकी मकान मालकिन से पता किया तो उसने मुझे उसके बारे में काफी जानकरी दी | उसने बताया कि वो उसके मकान में पिछले एक हफ्ते से रह रहा है |

वो रातों को गलियों में तमाशे दिखा कर पैसा कमाता है और अपनी रोजी-रोती चलाता है | इस पर मैंने चौंक कर उससे उस छोटे चूहे जैसे जानवर के बारे में पूछा तो उसने बताया कि हां ! उसके पास ऐसा एक जानवर भी है जो हर समय उसके पास ही रहता है | वो उससे भी खेल दिखाता है |

उस समय वो बाजीगर घर पर नहीं था | लेकिन इस केस को सॉल्व करने के लिये हमारा कल सुबह उससे मिलना बहुत जरूरी है | क्या तुम मेरे साथ वहां चलने के लिये तैय्रार हो ?"

"कमाल है ! यह केस तो तुम लगभग सॉल्व ही कर चुके हो फिर तुम्हें इसमें मेरी जरूरत क्यों है ?"

"जरूरत है ! जब मैं उससे पूछताछ कर रहा होऊंगा तो उसकी बातों की सच्चाई के लिये किसी एक आदमी या कह लो कि विटनेस का मेरे साथ वहां रहना जरूरी है |"

“ओ. के. !” डॉ. वाटसन इनकार कैसे कर सकते थे |

अगले दिन दोनों एक ट्रेन द्वारा पहले एल्डर स्ट्रीट और फिर वहां से हडसन स्ट्रीट जा पहुंचे | बाजीगर घर पर ही था | दोनों तूफानी झौंके के समान भीतर घुस गये | उन्हें इस प्रकार भीतर घुस आया देख कर बाजीगर चौंका – “अरे ! कौन हो तुम दोनों ? इस प्रकार मेरे घर में घुस आने का क्या मतलब है ?”

शरलॉक ने आते ही उसके घर की छानबीन शुरू कर दी थी | उसकी तेज निगाहें कैमरे के समान चारों तरफ का मुआयना करते हुए घूम रही थीं|

शरलॉक ने आराम से कहा – "रिलेक्स मिस्टर हेनरी ! मुझे जासूस शरलॉक होम्स कहते हैं | यह मेरे साथी डॉ. वाटसन हैं | हम तुमसे कुछ बातें करना चाहते हैं |"

"मैं तुम्हें जानता भी नहीं तो तुमसे बातें क्यों करूं ?"

"हमें नहीं जानते लेकिन कर्नल बार्कले को और मिस नैंसी को जरूर जानते होंगे ?"

यह सुनते ही उसके चेहरे पर कई रंग आये और चले गये |

"उसके कत्ल से मेरा क्या मतलब ?"

"लेकिन हमने तो यह नहीं बताया कि उनका कत्ल हो चुका है ?"

वो बौखलाया – "म...मैंने पेपर्स में पढ़ा था |"

"तुम वो आखिरी इंसान हो जिसने आखिरी बार कर्नल को देखा | 'तुम्हारा' शहर में आना दुनिया से 'उसका' जाना था |"

"मेरा उससे कोई मतलब नहीं था | मैं उसके बारे में कुछ नहीं जानता|"

उसने पीठ घुमा ली |

"ये बात तुम मुझसे नजरें मिला कर नहीं बता सकते ?"

"चले जाओ यहां से !"

"मैं तो चला जाऊंगा लेकिन नैंसी भी जेल जायेगी | कर्नल के कत्ल का इल्जाम उसी पर है | सिर्फ तुम जानते हो कि यह कत्ल उसने नहीं किया ?"

"हां ! मैं जानता हूं वो ऐसा नहीं कर सकती | वो तो ... !"

"हां ! कहो कि वो तो एक चींटी तक नहीं मार सकती ?"

वो भौंचक्का सा खड़ा शरलॉक का मुंह ताक रहा था |

"कहो कि तुम उसके बारे में बहुत कुछ जानते हो ? कहो कि तुम उसे बरसों पहले से जानते हो ?"

"यह... यह सब बकवास है !"

"तो फिर कर्नल के उस रूम की चाबी तुम्हारे घर में क्या कर रही है जहां उसका कत्ल हुआ ? कैसे आई ये चाबी यहां ?" शरलॉक ने टेबल पर पड़ी उस चाबी को उठा कर उसे दिखाते हुए कहा | उसके पसीने बहने लगे|

उसकी घबराहट बढ़ गई | शरलॉक ने आगे कहा – "क्या इस चाबी को तुम ही नहीं उठा लाए थे ?"

"ह...हां !"

"तो अब साफ़-साफ बताओ कि उस रात वास्तव में वहां 'कमरे में क्या हुआ' था ?"

उसने हथियार डालते हुए कहा – "ये बहुत लम्बी दास्तान है जिसकी शुरुआत तीस साल पहले हुई थी | मैं और बार्कले दोनों फौज में थे | बार्कले फौज में सार्जेन्ट था | नैंसी से मेरी मुलाक़ात थी | मुझे जादू के खेल दिखाने का शौक था | जादू बस हाथ की सफाई ही थी |

नैंसी इस खेल को देख कर अचम्भित हो जाती थी | मैं उसे पसंद करता था | मैं एक खूबसूरत नौजवान था | नैंसी भी मुझे पसंद करती थी | हम दोनों एक-दूसरे को चाहते थे | लेकिन उसके पापा नहीं | वो कुछ और चाहते थे |

अपनी बेटी के लिये उनके दिमाग में 'कोई' और था | उन्होंने बार्कले को अपने दामाद के रूप में चुन रखा था | बार्कले हम दोनों के बारे में अच्छी तरह से जानता था | वो हमारे प्रेम को जानता था | वो इसे पसंद नहीं करता था क्योंकि वो भी नैंसी को पसंद करता था | वो मुझसे चिढ़ता था |

यह उन दिनों की बात है जब हमारी रेजिमेंट भारत के दौरे पर थी | मुझे अपनी रेजिमेंट को लेकर भुर्ती नाम की एक जगह पर पहुंचना था | लेकिन साथ ही मुझे पता चला कि उस रास्ते पर क्रांतिकारियों के दल से हमारी मुठभेड़ हो सकती थी | मैं अभी उनसे उलझना नहीं चाहता था |

मैं अपने चीफ को इस बात की सूचना देना चाहता था | लेकिन बार्कले ने मुझे रोक लिया | उसने मुझे बताया कि वो इंडिया के चप्पे-चप्पे से वाकिफ है | उसने मुझे एक सुरक्षित रास्ता बताया जिससे कि मैं अपनी रेजिमेंट के साथ बिना क्रांतिकारियों से टकराए अपने गंतव्य तक पहुंच सकता था |

उसने मुझे एक नक्शा दिया | मैं उस पर विश्वास करके निकल पड़ा | लेकिन मैं यह बात नहीं जानता था कि बार्कले मेरे साथ दुश्मनी निभा रहा है | मैं नहीं जानता था कि इस तरह से वो अपने और नैंसी का रास्ता साफ कर रहा है |

काश मैं उसकी मक्कारी को समय रहते जान पाता | मैं उसके जाल में फंस चुका था | उस रास्ते पर मुझे पकड़ लिया गया | मुझे बेहद टॉर्चर किया गया | मैंने यातनाएं भुगतीं | नर्क भुगता | भूखा रहा | नैंसी के प्यार की तड़प मुझे बेचैन करती रही | मैं उसके पास जाना चाहता था लेकिन मैं तड़प कर रह गया | मैं बार्कले को कोसता रहा | फिर वहां से मुझे नेपाल ले जाया गया |

वहां कुछ कबीलाई लोगों ने लूटपाट के इरादे से हमारे कैम्प पर हमला कर दिया | वो मुझे बंदी बना कर ले गये | उन्होंने मेरे साथ गुलामों जैसा व्यवहार किया | मुझे खेती-बाड़ी के काम पर लगा दिया गया | वहां से एक दिन मौका देख कर मैं भाग निकला |

मेरे पास कुछ पैसे थे जिनकी मदद से मैं वापस इंग्लैंड आने में सफल हो गया | हालांकि यह मेरी अपनी जगह थी लेकिन फिर भी लोगों द्वारा ठुकराया गया | जीवन यापन के लिये मैंने बाजीगरी का काम करना शुरू कर दिया |"

"और तब एक दिन रास्ता चलते तुम नैंसी से टकरा गये ?"

"हां ! उसे देख कर मैं भावुक हो उठा | मैं उसे नहीं भूल पाया था | कहना होगा कि उसी का प्यार था जिसने मुझे इतने नर्क भुगतने के बाद भी जिन्दा रखा | लेकिन उसने मुझे बताया कि उसे उसकी मौत की खबर मिली थी | फिर भी उसने उसका बहुत इन्तजार करने के बाद ही आखिर बार्कले से शादी कर ली |

मैने उसे बार्कले की कमीनगी और धोखेबाजी की दास्तान सुनाई जिसे सुन कर उसे भी अपने कानों पर विश्वास नहीं हुआ | मैंने उसे लौट आने को कहा | लेकिन उसने बताया कि जो भी हो अब वो बार्कले की पत्नी है | तीस साल बाद उसका लौटना नामुमकिन था | इस पर मैं गुस्सा हो गया |

वो चली गई लेकिन मैंने उसका पीछा किया | मैं उसके घर तक जा पहुंचा | मैंने देखा वो आपस में लड़ रहे हैं | बार्कले ने मुझे खिड़की से देख लिया | मुझे देखते ही उसके होश उड़ गये | उसकी हालत ऐसी हो गई जैसे उस पर बिजली गिर पड़ी हो | वो सदमे में चला गया | उसका चेहरा पीला पड़ गया | अचानक वो गिरा और उसका सिर जोर से टेबल के कोने से टकराया | उसका सिर फट गया | शायद वो तुरन्त मर गया था |

उसकी वैसी हालत देख कर नैंसी घबरा गई | उसे गश आ गया | वो भी गिर पड़ी | मैं तुरन्त अंदर आया | कर्नल मर चुका था | नैंसी को इस

हालत में देख कर मैं भी घबरा गया। मैं यह नहीं देख सका कि वो जिन्दा भी थी या नहीं। मैंने दरवाज़े से बाहर निकल जाना चाहा।

मैंने चाबी को घुमाने की कोशिश ही की थी कि बाहर दरवाजे पर खड़े नौकर चीख-चीख कर दरवाजा थपथपाने लगे। मुझे लगा कि ऐसे में अगर मैं बाहर निकला तो मुझे ही हत्यारा समझ लिया जायेगा। मैंने कमरे की चाबी निकाल ली और भागने लगा लेकिन उसी समय मेरी जेब से मेरा पालतू जानवर 'मूंगूज' निकल भागा।

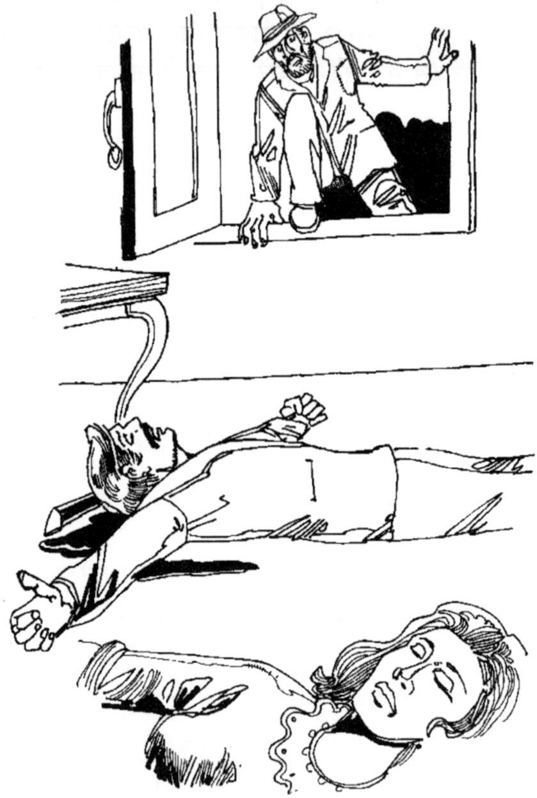

वो पर्दे पर चढ़ गया। मैं उसे छोड़ कर नहीं जा सकता था। वो मेरी रोजी-रोटी का साधन था। वो तब भी मेरी जेब से निकल भागा था जब मैं गार्डन में खिड़की के पीछे छुपा हुआ उन दोनों का झगड़ा देख रहा था। मैंने पर्दे के पास जाकर उसे पकड़ा और फिर खिड़की के रास्ते ही भाग निकला।

"तो तुम कहना चाहते हो कि तुमने भी कर्नल को नहीं मारा ?"

"हां ! उसे नैंसी ने भी नहीं मारा | वो अपने आप मारा गया | उसे उसके कर्मों की सजा भगवान ने स्वयं दे दी | वो दुर्घटनावश मारा गया है | मैं उस वक्त वहां था लेकिन मैंने उसे नहीं मारा |"

"मैं इस सच को जानता था क्योंकि मैंने टेबल के कोने पर लगे खून के धब्बों को देखा था | टेबल का कोना थोड़ा मुड़ गया था | ऐसा तभी सम्भव था जब कोई जोरदार तरीके से उस पर आकर टकराए या कोई उसका सिर बलपूर्वक जोर से टेबल से टकरा दे | नैंसी ऐसा नहीं कर सकती थी और कर्नल के मुकाबले तुम्हारे शरीर की ताकत भी कमजोर थी | तुम बूढ़े भी हो गये हो | लेकिन मैं इस सच को तुम्हारे मुंह से सुनना चाहता था |"

दोनों बाहर निकल गये |

शरलॉक डॉ. वाटसन के साथ मेजर मर्फी के पास पहुंचा | शरलॉक ने उसे सारी दास्तान सुनाई | मेजर ने उससे कहा – "शरलॉक होम्स ! कर्नल की पोस्टमार्टम रिपोर्ट भी आ गई है | उसमें उसकी मौत का कारण सिर की चोट नहीं बताया गया | वास्तव में कर्नल बार्कले की मौत डर से हार्ट फेल हो जाने के कारण हुई |"

शरलॉक मुस्कराया | डॉ. वाटसन भी मुस्कराये | मेजर ने उनके आने का शुक्रिया किया |

दोनों मेजर से इजाजत लेकर वापस लौट पड़े | ट्रेन पकड़ने के लिये स्टेशन की तरफ बढ़ते हुए डॉ. वाटसन ने पूछा – "इस केस में एक रहस्य अनसुलझा रह गया ?"

"शायद तुम डेविड के बारे में सोच रहे हो ?"

"एग्जेक्टली !!!?"

"वास्तव में जब नैंसी अपने पति से बहस कर रही थी तो उसके नौकरों ने उसके मुंह से उसका नाम सुना था | डेविड वास्तव में उनकी जिंदगी का कोई हिस्सा ना होकर बाईबल का एक पात्र है | बाईबल की एक कहानी में डेविड का वही रोल है जो कर्नल ने नैंसी और हेनरी की कहानी के बीच निभाया | बहस करते हुए वो कर्नल बार्कले की तुलना डेविड से कर रही थी |"

"कमाल है !"

"कमाल ?"

"हां ! तुम्हारे पास एक-एक बात का जवाब है !"

"पेचीदा से पेचीदा केस की इन्वेस्टिगेशन भी ऐसे ही एक-एक सवालों के जवाबों पर टिकी होती है | एक सवाल का जवाब भी न मिले तो समझो कहीं कुछ गडबड छूट गया | छूटे हुए एक सवाल का सही जवाब भी सही अपराधी को तुम्हारे सामने ला खड़ा करता है | इसी प्रकार छूटा हुआ एक भी सवाल जिसका जवाब ना मिला हो, किसी निर्दोष के गले में फांसी का फंदा डाल सकता है |"

"और तुम जानते थे कि मैं यह सवाल तुमसे जरूर करने वाला हूं ?"

"हां !"

"सचमुच मास्टर डिटेक्टिव हो !"

दोनों ट्रेन में आ बैठे थे | ट्रेन ने व्हिसल दी और आगे बढ़ चली | मौसम और भी सुहाना हो चला था |

❑

कत्ल बोले कातिल चुप !

(The Adventure of the Abbey Grange)

लोहे को लोहा ही काटता है ! यह कहावत यूहीं नहीं बनी | क्रिमिनल केस क्रेक करने के लिये यूं तो पुलिस है क़ानून है | लेकिन कई बार कुछ शातिर अपराधी इतनी सफाई के साथ अपराधों को अंजाम देते हैं कि उन तक पहुंचना तो दूर उनके बारे में सुराग तक पता लगाने में पुलिस को नाकों चने चबाने पड़ जाते हैं |

ऐसे अपराध और अपराधी पुलिस और क़ानून के लिये बड़ी चुनौती होते हैं | क़ानून की गिरफ्त से बचे हुए अपराधी वैसे दूसरे अपराध करने के लिये भी खुले छुट्टे घूम रहे होते हैं जो और भी खतरनाक स्थिति होती है |

तब ऐसे में पुलिस तक को सिर्फ एक ही शख्स की याद आती है | मास्टर डिटेक्टिव शरलॉक होम्स ! अपराध की दुनिया में क़ानून का ऐसा फौलाद जिसकी चोट पर कोई भी अपराधी तिलमिला जाये | शरलॉक ! अपराधियों के सिर पर पड़ी लोहे की ऐसी चोट जिसमें टूट कर बिखरना तय है |

शरलॉक को वो पत्र मिला | पत्र उसके पुलिस मित्र होपकिंस ने भेजा था | होपकिंस पुलिस का एक होनहार इंस्पेक्टर था | वो पहले भी कई मुश्किल केसों में उसकी मदद ले चुका था | शरलॉक जानता था कि होपकिंस मदद के लिये तभी रिक्वेस्ट करता है जब वास्तव में ही उसे शरलॉक की मदद की जरूरत पड़ती है |

वो खुद जीनियस था लेकिन जानता था कि शरलॉक जीनियस का भी बाप है | पत्र का मजमून इस प्रकार से था -

एब्बी ग्रेंज !

मार्शम, केंट,

समय : 3:30 दोपहर !

'डीयर शरलॉक होम्स !

एक मर्डर मिस्ट्री में उलझ गया हूं | कातिल पकड़ से दूर है | कत्ल होने वाला एक नामी-गिरामी अमीर हस्ती है | मेरी इज्जत दांव पर लगी है और पूरे मीडिया की निगाहें इस केस पर | मैंने घटनास्थल की घेराबंदी करवा दी है | मैंने तय किया है कि इस घेरा बंदी को तब तक कोई नहीं तोड़ेगा जब तक तुम घटनास्थल पर पहुंच कर इस केस की तहकीकात ना कर लो | मैं नहीं चाहता कि कोई भी क्लू घटनास्थल से इधर से उधर हो जाये | तो क्या तुम अपने दोस्त की मदद को आना चाहोगे ? तुम्हारे इन्तजार में !'
होपकिंस,

"क्या तुम जाओगे ?" डॉ वाटसन ने पत्र पढ़ते हुए शरलॉक की आंखों में झांकते हुए पूछा |

"ऑफकोर्स ! हम जायेंगे | होपकिंस के साथ अब तक हमने लगभग सात केस किये हैं | उन सातों केसों को सॉल्व करने में बहुत दिमाग खर्च हुआ था | ऐसा हर केस मेरे दिमाग की खुराक होता है | उसको पोषण देता है | हम जरूर चलेंगे | क्या तुम तैयार हो ?"

"मेरी कहां औकात कि मैं शरलॉक को मना कर सकूं |" डॉ. वाटसन मुस्कराये |

केवल बीस ही मिनट बाद वो दोनों केंट जाने वाली ट्रेन में बैठ चुके थे | वहां से वे एक घोड़ा गाड़ी द्वारा अपने गंतव्य तक जा पहुंचे | वह एक बड़े घर के सामने खड़े थे जिस पर गेट भी बड़ा व मजबूत लगा था | इंस्पेक्टर होपकिंस ने गेट पर ही उनका गर्मजोशी से स्वागत किया और उन्हें भीतर ले गया – "मैं बता नहीं सकता कि तुम दोनों को यहां देख कर मैं कितना खुश हूं |"

फिर चाय-कॉफी के दौरान होपकिंस ने बताना शुरू किया – "कत्ल होने वाला शहर का नामचीन इंसान है | उसका नाम है ब्रेकेनस्टाल | दौलत व रुतबे में उसका कोई मुकाबला नहीं ...|"

होपकिंस उसकी शायद और भी तारीफ करता लेकिन शरलॉक ने बीच में ही उसे टोक दिया – "अमीर हो या गरीब ! मरने के बाद किसी को भी रेशम का कफन नहीं पहनाया जाता | तब उसकी दुनिया एक ताबूत और एक कब्र में ही सिमट जाती है | कर्म अच्छे हैं तो दुनिया उसे याद रखती है| बस ! यही जिंदगी का सच है जिसे मैं जानता हूं |"

होपकिंस शरलॉक का इशारा समझ गया | उसने जल्दी से कहा – "मुझे संदेह है कि मिस्टर ब्रेकेनस्टाल को तीन लोगों के एक कुख्यात गैंग ने मारा है | उसकी मौत लोहे के एक बेलचे के प्रहार से हुई है जिसका इस्तेमाल अक्सर कोयले को आग में डालने के लिये किया जाता है | उसकी पत्नी सदमे में है |"

शरलॉक तीन लोगों के इस गैंग के कारनामों से परिचित था | बाप खुद अपने दोनों बेटों के साथ इस गैंग को चलाता था | वे सभी खूंखार डकैत थे | खून खराबा उनके लिये कोई बड़ी बात नहीं थी | पुलिस के लिये यह गैंग बहुत बड़ा सिरदर्द था | बड़ी बात शरलॉक और पुलिस के लिये थी उनके अपराध को सिद्ध करने की |

होपकिंस उन्हें उसी समय मिसेज ब्रेकेनस्टाल के पास ले गया | वो एक अधेड़ उम्र की औरत थी लेकिन खूबसूरत थी | शारीरिक रूप से अभी भी वो बेहद आकर्षक थी | उसके सुर्ख होंठों और आकर्षक 'कर्वज' से नजरें हटा पाना मुश्किल था | उसके चेहरे पर अदभुत ग्लो था | उस समय वो गुमसुम व हताश सी एक कुर्सी पर बैठी थी | होपकिंस ने उन दोनों का परिचय देने के साथ ही उसे घटना का पूरा ब्यौरा देने को कहा |

उसने शरलॉक और डॉ. वाटसन को घूरती निगाहों से देखा और बताना शुरू किया – "रात दस बजे के आसपास का समय रहा होगा | मैं एक किताब पढ़ रही थी | मेरे पति ऊपर अपने कमरे में सो रहे थे | सभी नौकर भी सोने के लिये अपने-अपने कमरों में जा चुके थे |

करीब ग्यारह बजे होंगे जब मैं उठी | मेरी निगाहें नींद से बोझिल हो रही थीं | मैंने किताब एक तरफ रखी | सोने जाने से पहले एक नजर आसपास के माहौल पर डाली | मेरा मतलब है कि जैसे आमतौर पर अभी घरों की औरतें करती हैं | यानी ये चेक करना कि घर के सारे खिड़की दरवाजे अच्छी तरह से बंद कर दिये गये हैं या नहीं ?

जलती मोमबत्ती मेरे हाथ में थी | मैंने एक खिड़की को खुला पाया | मैं उसकी तरफ बढ़ी | तभी मेरी निगाह सरसरी रूप से खिड़की की तरफ गई| मैंने वहां तीन लोगों को खड़े देखा | उनमें जो उम्र से बड़ा दिखाई पड़ता था वो भीतर आने की कोशिश कर रहा था | मैंने उन्हें देखते ही चीखने के लिये मुंह खोला ही था कि उनमें से एक स्प्रिंग के समान उछला और उसने खिड़की से अंदर आकर मेरी गर्दन दबोच ली |

मेरी आवाज गले के अंदर ही घुंट गई | मैं बहुत घबरा गई थी | मैं उसकी पकड़ से निकलने के लिये मचलने लगी | इस आपाधापी में कुर्सी गिरने से जोर की आवाज हुई | तब तक वो दोनों भी भीतर आ गये | मुझे जिसने पकड़ रखा था उसने जब मुझे पकड़ से छूटने की कोशिश करते देखा तो एक जोरदार तमांचा मेरे गाल पर जड़ दिया जिससे मैं चीखते हुए दूर फर्श पर जा गिरी |

मेरी आंखों के आगे अंधेरा सा छाने लगा | ऐसा लगा जैसे मैं होश खो रही हूं | लेकिन मैं बेहोश नहीं हुई | मैं देख रही थी कि वो मुझे कुर्सी से बांध रहे हैं | लेकिन मैं उनका मुकाबला करने की स्थिति में नहीं थी | उन्होंने मेरे मुंह में कपड़ा ठूंस दिया | मैं आतंकित थी | तभी मैंने अपने पति को उधर ही आते देखा |

शायद उन्होंने उस गडबड को महसूस कर लिया था | उनके हाथ में एक भारी छड़ी थी | उन्होंने उन तीनों को देखते ही उन पर छड़ी से वार करने की कोशिश की | लेकिन उन तीनों की ताकत के आगे उनकी एक ना चली |

उनमें से एक ने वहीं फायर प्लेस से उस बेलचे को उठा कर उनके सिर पर एक जोरदार प्रहार किया | वार इतना खतरनाक व जोरदार था कि मेरे

देखते ही देखते वे फर्श पर गिरे और छटपटाते हुए तुरन्त ही उन्होंने दम तोड़ दिया | मेरी आंखें आतंक से फट चुकी थीं |

मैं चीख भी नहीं सकती थी | मेरा दिमाग चकराने लगा | फिर जब मैंने तुरन्त ही दिमाग को काबू में किया तो मैंने देखा कि वे तीनों तब भी वहां मौजूद थे | मैं उनके डर से वैसे ही बिना हिले-जुले पड़ी रही | वे कीमती सामान समेट रहे थे | उन्होंने एक कीमती शराब की बोतल भी ले ली थी |

उसे देख कर तीनों खुश थे | तीनों इतने बेखौफ थे कि शराब की बोतल वहीं खोल कर शराब पीने लगे | उन्होंने अपने गिलास खाली किये और फिर उसी खिड़की से बाहर निकल गये | उनके जाने के बाद मैंने किसी तरह अपने मुंह में ठुंसा कपड़ा निकाला |

उसके बाद मैं चिल्लाने लगी | मेरी चीखें सुनकर नौकर दौड़े आये | उन्होंने मेरे बंधन खोलकर मुझे आजाद किया | इसके बाद पुलिस को सूचना दी गई |

शरलॉक डॉ वाटसन के साथ उस कमरे में पहुंचा जहां वह घटना हुई थी | टेबल पर तीन गिलास अभी रखे थे | शरलॉक ने आरा-ए-कत्ल को ध्यान से देखा | उससे इतना जोरदार व घातक वार किया गया था कि बेलचा एक कोने से मुड गया था | शरलॉक ने टेबल पर पड़े हुए शराब के गिलासों को भी ध्यान से देखा जिनमें उन तीनों ने शराब पी थी |

शरलॉक ने तीनों गिलासों को सूंघ कर देखा | उसने पाया कि दो गिलासों का इस्तेमाल ही केवल शराब पीने के लिये किया गया था | शरलॉक ने होपकिंस से सवाल किया – "क्या मिसेज ब्रेकेनस्टाल ने उन तीनों को ही शराब पीते देखा था ?"

"हां ! उसने तुम्हारे सामने ही तो कहा कि उसने ऐसा होते देखा था |"

"सवाल ये है कि उन्होंने उसे क्यों छोड़ दिया जबकि वो तो उन्हें देख भी चुकी थी | वो इस केस की आई-विटनेस भी बन सकती थी ?"

"हां ! उसने कहा तो कि वो अपने होश खो देने का नाटक कर रही थी ताकि कहीं वो उसे भी ना मार दें ?"

शरलॉक ने तुरन्त घर के नौकरों से बात करने की इच्छा जताई | नौकरों को मिसेज ब्रेकेनस्टाल के सामने ही लिविंग रूम में बुलाया गया |

उनमें से एक अधेड़ सी दिखती नौकरानी थेरेसा ने बताया – "वह बहुत भयानक पल थे | सबसे पहले मैं मैडम की चीख सुन कर वहां पहुंची थी | मैंने मैडम को उस हाल में देखा तो सबसे पहले उन्हें रस्सियों की कैद से मुक्त करवाया | उसके बाद पुलिस को इन्फॉर्म किया गया |"

"क्या तुमने भी कुछ लोगों को बंगले के बाहर खड़े देखा था ?"

"हां ! मेरी उड़ती सी नजर उन पर गई तो थी | पर मैंने समझा वो ऐसे ही खड़े होंगे | बाहर तो कोई भी खड़ा रह सकता है | उस समय मुझे उन पर किसी तरह का कोई शक नहीं हुआ |"

सहसा शरलॉक की निगाहें मिसेज ब्रेकेनस्टाल की कलाई की तरफ गईं| वहां से स्लीव कुछ ऊपर खिसक गई थी जिससे वहां एक जख्म सा दिखाई पड़ रहा था | उसने पूछा – "यह चोट शायद रात को ही लगी होगी ?"

"आपका मतलब है कि उन तीनों बदमाशों के कारण ? लेकिन मैं आपको बता दूं कि ऐसा नहीं है | यह चोट मुझे मेरे पति की ही दी हुई है |"

"क्या मतलब ?"

"मेरे पति हीरा इंसान थे लेकिन तब तक जब तक शराब उनके हलक से नीचे नहीं उतर जाती थी | पीने के बाद उन्हें होश नहीं रहता था | वे जंगली हो जाते थे | उनके गुस्से की हद थी कि एक बार शराब के नशे में उन्होंने बड़ी निर्ममता के साथ अपने कुत्ते को जला दिया था |

हमारे पड़ोसी भी इस बात को जानते हैं | हमारे नौकर भी इस बात को जानते हैं | जब वे चीख रहे होते थे तो उन्हें इस बात से कोई मतलब नहीं होता था कि हमारे डायनिंग रूम और बेड रूम में किसके साथ क्या बुरा हो रहा है ?"

"ओह ! क्या मैं उस जगह को देख सकता हूं जहां आपने उन तीनों को अंदर आने से पहले देखा था ?"

वो उन्हें वहां ले गई| शरलॉक ने डायनिंग रूम में रखी कुर्सी के पास वो रस्सी पड़े हुए देखी जिससे मिसेज ब्रेकेनस्टाल के बयान के मुताबिक़ उसको बांधा गया था | सहसा शरलॉक ने होपकिंस से पूछा – "मिस्टर होपकिंस ! क्या सच में यहां की सभी चीजें घटना के बाद से वैसे की वैसे ही पड़ी हैं ?"

"निसंदेह ! यह सब मेरी सख्त निगरानी में हैं |"

"लेकिन उन्हें रस्सी कहां से मिली ?"

"रस्सी उन्होंने खिड़की पर टंगे पर्दे से तोड़ी होगी | रस्सी का प्रयोग अक्सर पर्दे को खींच कर बंद और खोलने के लिये किया जाता है |"

यह सुनते ही शरलॉक सीधा खड़ा हुआ जैसे वापस चलने के लिये तैयार हो गया हो | उसने कहा – "मिस्टर होपकिंस ! आपका कहना बिल्कुल ठीक है | यह काम उन तीनों बदमाशों का ही है | आप उन्हें ढूंढ कर गिरफ्तार कर सकते हैं और अब हमें आज्ञा दें | हमें जाना होगा |"

शरलॉक ने होपकिंस से हाथ मिलाया और डॉ. वाटसन के साथ बाहर निकल गया | दोनों ने वापसी का टिकट लिया और ट्रेन में चढ़ गये | डॉ. वाटसन का दिमाग चक्कर खा रहा था |

ऐसा पहली बार था कि शरलॉक ने यहां आकर कुछ किया नहीं था | पहली बार ऐसा हुआ था कि उसने पुलिस की बनी हुई थिओरी को सही ठहरा दिया था | उन्हें यह समझ नहीं आ रहा था कि इसमें फिर शरलॉक वाली क्या बात थी ?

आखिर इस केस में ऐसा कुछ नहीं था तो फिर होपकिंस ने शरलॉक को क्यों बुलाया था ?

ट्रेन चली तो शरलॉक पिछले दरवाजे से तुरन्त उतरने लगा | उसने डॉ. वाटसन का हाथ पकड़ कर उसे भी नीचे उतार लिया था | डॉ.वाटसन की बुद्धि फिर चकरा गई थी – "ये क्या कर रहे हो ? ट्रेन से गिराओगे क्या ?"

"वास्तव में हम अभी कहीं नहीं जा रहे !"

"इसका क्या मतलब है ?"

"क्या तुम्हारे मन में कोई सवाल नहीं उठ रहे ?"

"उठ रहे हैं | लेकिन मैं जानता हूं कि तुमने जो कुछ सोचा होगा वो ठीक ही होगा |"

"मेरे हिसाब से अभी केस खत्म नहीं हुआ !"

"तो फिर तुमने वहां होपकिंस से ऐसा क्यों कहा ?"

"ऐसा कहना जरूरी था ताकि वास्तिवकता से पर्दा हटाया जा सके |"

"तो क्या कत्ल उन तीनों बदमाशों ने नहीं किया ?"

"यह मैंने अभी नहीं कहा | बस मुझे मेरे कुछ सवालों के जवाब ठीक नहीं मिले | इनमें झूठ की पूरी-पूरी गुंजाइश है | जहां झूठ होता है वहां झूठ के पर्दे हटा कर सच को सामने लाना मेरा काम होता है |"

"लेकिन होपकिंस से भी छुपा कर ?"

"हां ! मैं फिलहाल सभी को ऐसा शो करना चाहता था कि उनकी कहानी पर मैंने विश्वास कर लिया है |"

"वो कुछ सवाल क्या हैं जिनके जवाब अभी तुम्हें नहीं मिले थे ?"

"मिसेज ब्रेकेन स्टाल ने मुझे बताया कि उसने तीनों बदमाशों को शराब पीते हुए देखा | जबकि वो सरासर झूठ बोल रही है |"

"पर देखा तो उसने ही है !"

"फर्क ये है कि उसने उन लोगों को शराब पीते हुए देखा और मैंने उन गिलासों में उन्हें शराब पीते हुए देखा |"

"क्या मतलब ?"

"मैंने जब उन गिलासों को सूंघ कर देखा था तो मैंने पाया कि उनमें से केवल दो में ही शराब की गंध थी | तीसरा गंध रहित था | यानी तीसरे

गिलास में शराब नहीं डाली गई थी जबकि मिसेज ने उन तीनों को ही शराब पीते हुए देखने की बात कही | इसका मतलब साफ़ है कि वो साफ झूठ बोल रही है |

उसके पति का कत्ल हुआ था और वो झूठ बोल रही थी ?

क्यों ?

समझना बाकी था | समझना बाकी था कि तीसरे गिलास की वहां क्या जरूरत थी और क्यों थी ? जबकि पीने वाले दो थे | वो क्यों ऐसे बयान दे रही थी जो हत्यारे के फेवर में जा रहे थे |

क्या वो नहीं चाहती थी कि कातिल पकड़ा या पकड़े जायें ?

मैंने कभी पहले भी कहा था कि किसी भी केस में जब तक एक भी सवाल का जवाब अधूरा होता है तो समझो कि केस में कहीं लोचा छूट गया है | इसलिये तब मैं वहां से चला गया ताकि उन बिखरी कड़ियों को जोड़ सकूं | मैं जानता था कि इंस्पेक्टर होपकिंस पर सर ब्रेकेनस्टाल के रुतबे का काफी प्रभाव है |

शायद वो मुझे सख्ती के साथ पूछताछ ना करने देता | या ऐतराज करता इसलिये मैं अब आगे की कार्रवाही उसके जाने के बाद ही करना चाहता था |"

उन्होंने तब तक दोबारा केंट जाने वाली ट्रेन पकड़ ली थी | ठीक पन्द्रह मिनट बाद वे फिर से सर ब्रेकेनस्टाल के बंगले में खड़े थे | उन्हें अंदर जाने से नहीं रोका गया |

होपकिंस सचमुच वहां नहीं था |

शरलॉक वापस घटनास्थल पर पहुंचा | डॉ. वाटसन उसके साथ थे | एक बार फिर से शरलॉक ने बहुत ही बारीकी के साथ घटनास्थल का मुआयना किया |

उसने उस कुर्सी की भी फिर से बारीकी से जांच की जिस पर मिसेज ब्रेकेनस्टाल को बांधा गया था | यहां तक कि उसने उस रस्सी की गांठों तक का फिर से मुआयना किया जिससे उसे बांधा गया था |

"कुछ मिला ?"

"हां ! मिसेज ब्रेकेनस्टाल का एक और झूठ | उसने मुझे बताया था कि लुटेरों ने पर्दे की रस्सी को खींच कर तोड़ा था जबकि रस्सी को खींच कर नहीं तोड़ा गया था बल्कि उसे चाकू से काटा गया था |"

"ओह !"

"और यहां देखो !" शरलॉक ने कुर्सी की सीट की तरफ इशारा करते हुए कहा |

"क्या है ?"

"कुर्सी पर खून की यह बूंद ?"

"यह किसके खून की बूंद है ?"

"सवाल यह नहीं है कि यह किसके खून की बूंद है ? सवाल यह है कि यह बूंद यहां आई कैसे ?"

"शायद कत्ल करते हुए इस तरफ उछल गई होगी ?"

"लेकिन कत्ल के समय तो यहां कुर्सी पर मिसेज ब्रेकेनस्टाल पहले से बंधी थी ! अगर वो यहां बंधी थी तो खून की यह बूंद तो उनके ऊपर गिरनी चाहिये थी ?"

"मार्वलस !"

"इससे उनका झूठ और भी पक्का हो जाता है | उसकी मेड सर्वेंट थेरेसा भी उसका साथ दे रही है | वो हकीकत को जानती है | वो उसकी पुरानी और वफादार मेड सर्वेंट है |"

"इसका मतलब कि शक की सुई इन्हीं दोनों पर घूम रही है ?"

शरलॉक ने तुरन्त थेरेसा को बुलवाया और कहा – "देखो ! मैं जानता हूं कि मिस्टर ब्रेकेनस्टाल बहुत गुस्से वाले इंसान थे | उन्हें इंसान की कद्र नहीं थी |

यदि ऐसा है तो उन्होंने कभी ना कभी तुम्हें भी जरूर बेइज्जत किया होगा | जो इंसान अपनी पत्नी की इज्जत नहीं कर सकता उसके लिये तुम्हारी क्या औकात हो सकती है ? मुझे तुमसे और तुम्हारी मालकिन से हमदर्दी है | मैं जानना चाहता हूं कि तुम्हारी मालकिन की मुलाकात तुम्हारे मालिक से कब और कैसे हुई थी ?"

थेरेसा कुछ रुआंसी सी हो गई फिर बोली – “हां ! वो शख्स इंसान कहलाने के लायक नहीं था | मालकिन की मुलाक़ात उससे अट्ठारह महीने पहले हुई जब हम एक शिप द्वारा लंदन आ रहे थे |”

“क्या मैं उस शिप का नाम और तुम्हारी यात्रा की तारीख जान सकता हूं ?”

“शिप का नाम... उहं...शायद ..वो मुझे ठीक से याद नहीं पर गिल्बर्ट या कुछ साथ में और भी जुड़ा था | लेकिन यात्रा की तारीख बता पाना मुश्किल है |”

“मेरे विचार में मिस्टर ब्रेकेनस्टाल पूरे रास्ते तुम्हारी मालकिन के साथ रहे होंगे |”

“नहीं ! पूरी यात्रा के दौरान तो वहां उनके साथ शिप का फर्स्ट ऑफिसर था जिसने यात्रा के दौरान हमारा बहुत ध्यान रखा था | वो जैक क्रोकर था |”

“ओह ! तो फिर मिस्टर ब्रेकेनस्टाल भी साथ ही यात्रा कर रहे होंगे और यात्रा के दौरान ही किसी समय तुम्हारी मालकिन से मिले होंगे ?”

“नहीं ! वे तो उनसे यहां लंदन में ही मिले थे |”

बातें करते हुए वे मिसेज ब्रेकेनस्टाल के पास आ गये | मिसेज ब्रेकेनस्टाल उन्हें देख कर चौंकी फिर बोली – “क्या कुछ पूछताछ रह गई है ?”

“पूछताछ नहीं मिसेज ब्रेकेनस्टाल | वास्तव में मैं दोबारा यहां सच की पड़ताल करने आया हूं | मैं चाहता हूं कि आप सच बोलें |”

“तो क्या मैंने अब तक झूठ बोला है ?”

“अगर आपने झूठ नहीं बोला है तो क्या यहां बिखरे पड़े सबूत झूठ बोल रहे हैं ?”

“क्या कहना चाहते हो ?”

“कहना नहीं चाहता वो सुनना चाहता हूं जो आप कहने से बचना चाहती हैं ?”

“क्या तुम मुझ पर शक कर रहे हो ?”

"तुम शक करने की वजह पैदा कर रही हो ?" शरलॉक का स्वर सख्त हो गया |

"मिस्टर शरलॉक! आपको किसी लेडी से बात करने की तमीज नहीं | आप भूल रहे हैं कि इनके पति की मौत हुई है | ये अभी उनके सदमे से बाहर नहीं आ पाई हैं | ये ऐसा ही है जैसे कोई किसी के जख्मों पर नमक छिड़कता है |"

"ओ. के. !" कहने के साथ शरलॉक डॉ. वाटसन के साथ कमरे से बाहर आ गये |

बाहर निकलते वक्त शरलॉक ने एक तालाब देखा जिसका पानी ठंड के कारण लगभग जम सा गया था | शरलॉक ने एक नोटपैड पर कुछ लिखा और उसे लॉज कीपर के हवाले करते हुए बोला – "इसे इंस्पेक्टर होपकिंस तक पहुंचा दो |"

इसके बाद दोनों लंच के लिये एक रेस्तरां में पहुंचे | लंच के बाद वो दोनों एक शिपिंग कम्पनी में गये | उसके बाद वे दोनों वापस इंस्पेक्टर होपकिंस के पास पहुंचे | वो उन्हें देख कर हैरान हुआ – "कमाल है ! तुम अभी गये नहीं थे और मैं समझता रहा कि केस खत्म हो चुका है |"

मैने उन तीनों बदमाशों की तलाश में पुलिस को लगा दिया था | मुझे पता चला कि वे बदमाश तो घटना के वक्त न्यू यॉर्क की जेल में थे | मैं इसी उधेड़ बुन में था कि तो फिर आखिर कत्ल किसने किया ? और अगर कत्ल उन तीनों ने नहीं किया था तो फिर तुम केस को सॉल्व हुआ मान कर कैसे चले गये ?

तभी तुम्हारा नोट मिलने पर तालाब की खोजबीन के बाद मैं तुम्हारे फिर से लौटने की वजह भी समझ गया | आखिर तुम्हें कैसे पता लगा कि बंगले से चोरी हुई कीमती चीजें वहां मिलेंगी ?"

"जब कुछ चोरी गया है तो इन्वेस्टिगेशन करते समय उस पॉइंट को भी ध्यान में रखना जरूरी है कि चोरी जिसने की बताई जा रही है क्या वास्तव में ही चोरी उसने ही की भी है या नहीं ?"

"यह कैसे पता लगा ?"

"अभी थोड़ी देर में तुम सब कुछ जान जाओगे | मेरा मतलब है जब छह 'क' के रहस्य खुलेंगे !"

"छह 'क' ? क...क्या मतलब ? ये छह 'क' की क्या गुत्थी है ?"

"गुत्थी ये है कि कत्ल बोले, कातिल चुप |"

"मतलब ?"

"पुलिस वाले होकर इतने मतलब पूछना अच्छी आदत नहीं |"

"अब बताओ तो ?"

"छह 'क' मतलब कौन ? क्या ? कब ? क्यों ? कहां ? और कैसे ?"

"तुम्हारी बातें सचमुच दिमाग घुमा रही हैं ! मर्डर मिस्ट्री से भी ज्यादा सस्पेंस क्रियेट कर रही हैं |"

"कुछ देर में ही हम किलर से मिलेंगे | तब सारी गुत्थियां खुद ही सुलझ जायेंगी |"

शरलॉक के चुप होते ही एक लम्बे कद के मजबूत जिस्म का इंसान भीतर दाखिल हुआ | उसने शिप के कैप्टन की वर्दी पहनी थी | उसने आते ही कहा – "मेरा नाम जैक क्रोकर है | मिस्टर शरलॉक ! मुझे मेरी शिपिंग कम्पनी से बताया गया कि आप मुझसे मिलना चाहते हैं तो मैं यहां आ गया |"

"हां ! मैंने ही वहां ऐसा मैसेज छोड़ा था | हमने सोचा कि तुम्हें द बॉस शिप का कैप्टेन बनने की मुबारकबाद तो दे ही दी जाये |"

"लेकिन...मैं आपको नहीं जानता ?"

"लेकिन हम आपको जानते हैं और यह भी कि कल रात मिस्टर ब्रेकेनस्टाल के साथ क्या, क्यों और कैसे हुआ ? इसलिये सच छुपाने से कुछ हासिल नहीं होगा |"

उसने बेचैनी में पहलू बदला | उसका चेहरा उतर गया | वो समझ गया कि खेल खत्म हो गया है | वो बोला – "मेरी मिस मैरी फेजर से मुलाक़ात शिप में उनकी यात्रा के दौरान हुई थी |"

"हां ! कहते रहो | मैं जानता हूं कि मैरी फेजर ही मिसेज ब्रेकेनस्टाल है |"

"उसे देखते ही मैं दिल हार गया | पहली नजर का प्यार ! जिसे भूल पाना मेरे वश में नहीं था | लेकिन उस वक्त मैरी ने मुझे ज्यादा तवज्जो नहीं

दी। हालांकि हम अच्छे दोस्त बन चुके थे। उसके शिप से जाने के बाद भी मैं उसे और उसकी बातों को नहीं भूल सका। मैं उससे मिलना चाहता था।

मैं लंदन पहुंचा तो मैंने उसके घर का पता लगाया। आखिर मैं उससे मिलने उसके घर पर पहुंच गया। मैं जानता था कि उसकी शादी हो चुकी है। पर मैं उससे किसी भी हालत में मिलना चाहता था। मैं उसके घर की खिड़की पर टंगा रहा। उसके कमरे में आने का इन्तजार करता रहा। डरता भी रहा कि कहीं कोई देख ना ले।

फिर वो आई। मैं कमरे में आ गया। मुझे देख कर वो हैरान रह गई। उसने मुझे अपने पति की नृशंसता के बारे में बताया। वो वहां बहुत परेशान थी। उसका पति जानवर था। उसे जानवरों के समान पीटता था। वो उससे नफरत नहीं कर सकती थी। आखिर वो उसका पति था। उसने मुझे वहां से चले जाने को कहा।

मेरे पास वहां रुकने का अब कोई कारण नहीं था। मैं उसे छोड़ कर नहीं जाना चाहता था लेकिन मैं उसकी किस्मत के साथ नहीं लड़ सकता था। मैं जाना ही चाहता था कि उसी समय उसका पति वहां आ गया। उसे मेरे साथ देखते ही वो उसे मारने के लिये झपटा।

उसने हाथ में पकड़ी छड़ी का प्रहार उस पर किया | छड़ी से उसकी कलाई घायल हो गई | वो गुस्से में पागल था | उसने मुझे मारने के लिये छड़ी उठाई | मेरी समझ में कुछ नहीं आया | पास ही फायर प्लेस में मुझे बेलचा रखा दिखाई दिया | अगर उस बेलचे से मैं उसे नहीं मारता तो वो हम दोनों को ही मार डालता |

संयोग से बेलचे की एक चोट से ही उसकी जान निकल गई | हम घबरा गये | मिस फेजर नहीं चाहती थी कि मैं इस केस में फंस का अपना जीवन बर्बाद कर लूं | उसी की जिद्द पर तब हमने थेरेसा को भी अपने साथ मिलाते हुए एक कहानी बनाई |

हम दोनों ने थोड़ी-थोड़ी वाइन पी | मैंने लंदन के तीनों कुख्यात बदमाशों के बारे में सुन रखा था | हमने इस घटना को लूटपाट का रंग देने की कोशिश की | एक खाली गिलास और रख दिया | "

"वास्तव में तुम्हारी कहानी जानने ही मैं शिपिंग कम्पनी गया था | कुर्सी पर बंधी रस्सी की गांठ देख कर ही मैं समझ गया था कि ये काम उन तीनों बदमाशों का नहीं है क्योंकि समुद्र में काम करने वाले नाविक ही कुछ खास किस्म की गांठ लगाते हैं | और वो तुम थे क्योंकि तुम्हारा सम्बन्ध मिसेज ब्रेकेनस्टाल से भी था |"

"हां ! और तुम शातिर चोर होते तो कीमती चीजें तालाब में ना फेंक जाते |" डॉ. वाटसन ने कहा |

"जमे हुए तालाब का कुछ हिस्सा टूटा हुआ देख कर मुझे उसमें कुछ फेंके जाने का शक हुआ था |"

"मैं अपना गुनाह क़ुबूल करता हूं |"

"हां ! लेकिन वास्तव में तुमने जो कुछ किया अपने बचाव में किया | कोर्ट इस बात को हमेशा ध्यान में रखती है कि जुर्म किन हालात में हुआ | हम उम्मीद करते हैं कि इंस्पेक्टर होपकिंस इस केस में तुम्हारी मदद करेंगे|"

शरलॉक डॉ. वाटसन के साथ तेजी के साथ एक तरफ को चलते चले गये | केस खत्म हो चुका था |

डॉ. वाटसन ने गहरी सांस लेते हुए कहा - "कातिल कितना भी चुप क्यों रहे पर कत्ल जरूर बोलता है |"

शरलॉक अपना पाईप सुलगा रहा था |

❑

हीरा नहीं सबके लिये !

(The Adventure of the Mazarin Stone)

कुछ लोग सिर्फ हासिल करना चाहते हैं ! कुछ लोग मेहनत से हासिल करते हैं तो कुछ हासिल करने के लिये चोरी, ठगी, लूटपाट, कत्ल जैसे इंसानियत को शर्मसार करने वाले जरायमपेशा काम करने से भी नहीं चूकते | मेहनत ऐसे लोगों को काटने को दौड़ती है | फिर मेहनत से हासिल भी होगा तो क्या होगा ? सिर्फ दो टाईम की रोटी |

मुफ्त का ऐशो-आराम कहां से आयेगा ? चाहत है हीरे की तो मेहनत गई भुट्टा भूनने | थोड़ा दिमाग लगाओ | थोड़ी चतुराई दिखाओ | थोड़ी हिम्मत दिखाओ | पा लो हीरा | मेहनत से तुम घर के पर्दे तक नहीं बदल सकते | एक हीरे से अपनी दुनिया बदल सकते हो |

शातिर सोचों के क्या कहने ?

चोरी हो गया एक बहुमूल्य हीरा व्हाईट मून | हीरे की तलाश में सरगर्मी से जुट गई पुलिस | लेकिन पुलिस के हाथ अभी भी थे खाली | चोर के हाथ में व्हाईट मून भले ही था लेकिन वो नहीं जानता था कि '**हीरा नहीं सबके लिये**' !

डॉ. वाटसन शरलॉक के घर पहुंचे | वहां पहुंचते ही जो बात उनके दिमाग में सबसे पहले आई वो यह थी – 'लोग कहते हैं कि बदलाव जिंदगी का हिस्सा है लेकिन यहां की हर चीज ऐसी कहावत को सिरे से नकार देती है | ये कमरा और यहां का फर्नीचर तक पहले दिन से जैसे का तैसा ही था|"

शरलॉक होम्स के बारे में सोचते हुए डॉ. वाटसन के होंठों पर अचानक एक मोहक मुस्कान आ गई | एकाएक ही उन्हें बिली दिखाई पड़ा | बिली युवा था | बिली शरलॉक के घर की देखभाल का काम करता था | वो शरलॉक का बहुत विश्वासपात्र था | बिली ने भी डॉ. वाटसन को देख लिया था |

वो आगे बढ़ कर बोला – "आप सर शरलॉक होम्स से मिलने आये हैं तो आप को थोड़ा इन्तजार करना होगा | इस समय वे बहुत बिजी हैं | शायद आप से भी ना मिल पायें |"

डॉ .वाटसन वहां पड़ी एक कुर्सी पर बैठ गये | बिली ने आगे कहा – "सर शरलॉक होम्स ने कल से एक दाना तक भी मुंह में नहीं डाला है | इस समय वे सिर्फ अपने काम में जुटे हैं |"

"यह जनाना कपड़े यहां कैसे रखे हैं ?" डॉ. वाटसन ने सोफे पर लापरवाही से रखे हुए कुछ कपड़ों की तरफ इशारा करते हुए पूछा |

"कल सर शरलॉक ने इन्हें पहन कर एक बूढ़ी औरत का वेश धारण किया था |"

"क्या ?"

"इसके अलावा कल वे एक ऐसे फटेहाल तंगहाल बदहाल व्यक्ति का वेश धारण करके भी बाहर गये थे जिसे देखते ही लगता था कि उसे नौकरी की सख्त जरूरत है |"

"मैं इन सब चीजों को अभी यहां से हटा देता हूं |"

डॉ. वाटसन ने देखा कि कमरे में एक बड़ा बदलाव और भी दिखाई पड़ रहा था | वह बदलाव खिड़की-दरवाजों के पर्दों के रूप में था | सभी पर्दों को बदल दिया गया था | यह उनके लिये चौंकाने वाली बात थी | उन्होंने तुरन्त पूछा – "क्या यहां कोई खास मेहमान आया था ?"

"हां ! कुछ दिन पहले देश के प्रधानमंत्री और रक्षा मंत्री यहां आये थे | उनके तुरन्त बाद लॉर्ड केंटलमेयर...|"

"...लॉर्ड केंटलमेयर ? ओह नो ! ये सब लोग क्यों आये थे ? इसका मतलब मामला कुछ बेहद संगीन और महत्वपूर्ण है | क्या तुम उसके बारे में कुछ जानते हो ?"

"हां ! उतना ही जितना इस कमरे की हर चीज जानती है |"

"तो कुछ बताओ भाई ?"

"मामला एक हीरे की चोरी से जुड़ा है |"

"क्या यह वही वेश-कीमती हीरा है जिसके बारे में मैंने भी पढ़ा है। हजार करोड़ की कीमत का हीरा व्हाईट मून ? जिसे पिछले दिनों किसी ने चुरा लिया ?"

"हां !"

"तब तो मेरे दोस्त की व्यस्तता बनती ही है।"

"मामला शहर के एक गणमान्य अमीर केंटलमेयर के वेशकीमती हीरे की चोरी का था। प्रधानमंत्री और रक्षा मंत्री चाहते थे कि मास्टर डिटेक्टिव शरलॉक होम्स व्हाईट मून की चोरी का पता लगायें। हालांकि सर केंटलमेयर के भावों को देख कर नहीं लगता था कि उन्हें शरलॉक की काबलियत पर भरोसा हो रहा है। शुरू में वो इससे आश्वस्त नहीं लग रहे थे पर खुद प्रधान मंत्री और रक्षा मंत्री ने ही उन्हें इस बात के लिये मनाया था।"

"हीरे की किस्मत में मिलना ना लिखा होता तो वे दोनों भी उसे नहीं मना पाते।"

"यह आपका सर के प्रति विश्वास है।" बिली मुस्कराया।

दोनों एक दूसरे कमरे में आ गये। यह शरलॉक का स्टडी रूम था। सहसा बिली ने खिड़की से बाहर दिखती गली की तरफ नजर दौड़ाई। बाहर गली काफी व्यस्त थी। लोग आ-जा रहे थे। डॉ. वाटसन की निगाहें भी उस तरफ उठीं तो वो फिर से चौंक पड़ा। शरलॉक की स्टडी टेबल वाली कुर्सी पर शरलॉक सिर झुकाये बैठा था। उसकी पीठ डॉ. वाटसन की तरफ थी। कमरे में रौशनी थोड़ा कम थी। लेकिन टेबल पर रखे टेबल लैम्प की पूरी लाईट टेबल पर पड़ रही थी।

लेकिन यह क्या ? टेबल पर शरलॉक सिर झुकाए क्या कर रहा था ? वहां कुछ करने को तो था ही नहीं ? मतलब कुछ स्टडी मैटीरियल या कुछ और ? आखिर ये क्या मामला था ?

जल्दी ही डॉ. वाटसन सारी कहानी समझ गये। उनके मुंह से आश्चर्य के साथ निकला – "अरे ! ये तो बुत है। शरलॉक का बुत बना कर यहां क्यों रख रखा है ?"

बिली ने बताया – "यह सर की ही चाल है। उनके कहने पर यह पुतला मैंने ही तैयार करके यहां रखा है !"

"लेकिन यह सब किसलिए?"

"ताकि बाहर गली में आने-जाने वालों को ऐसा ही लगे कि सर अपने स्टडी रूम में काम में मशगूल हैं |"

"ऐसा क्यों ?"

"क्योंकि उन्होंने बाहर कुछ संदिग्ध लोगों को घूमते और अपने घर पर नजर रखते हुए पाया है |"

"ओह !"

"शेष लोग तो आ-जा रहे हैं लेकिन एक शख्स लगातार घर पर निगाहें रखे हुए है|" बिली ने चुपके से हिला-डुला कर शरलॉक के पुतले की मुद्रा को बदल दिया ताकि बाहर से देखने पर ऐसा ही लगे कि शरलॉक वाकई वहां मौजूद है और वो एक सामान्य इंसान की तरह अपनी अवस्थाएं भी बदल रहा है क्योंकि कोई भी काम करता इंसान एक ही मुद्रा में कभी भी काम नहीं करता |

तभी शरलॉक अपने बेड रूम की तरफ से बाहर निकला | वो डॉ. वाटसन को वहां देख कर चौंका | उसने बिली से कहा – "बिली ! इससे

पहले कि अंधेरा घिर जाये तुम अभी जा सकते हो | मैं तुम्हारी जान खतरे में नहीं डाल सकता |"

"लेकिन आखिर यह सब क्या माजरा है ? बिली बता रहा था कि तुमने दो दिन से कुछ खाया पीया नहीं ? फिर ये तुम्हारा बुत ?" डॉ. वाटसन और शरलॉक दोनों उस बुत से कुछ दूर खड़े थे जहां से कमरे का दृश्य बाहर से नहीं दिखाई पड़ सकता था |

"हजार करोड़ के हीरे की चोरी करने वाला इस केस पर अपनी बाज जैसी निगाहें गढ़ाए हुए है | उसे मालूम है कि यह केस मुझे सौंप दिया गया है | या फिर उसे इस बात का संदेह है | शायद वो मेरी हर गतिविधि को वॉच कर रहा है | वो जानना चाहता होगा कि शरलॉक घर से बाहर निकला या नहीं ? इसलिये मैंने अपना बुत बनवाया क्योंकि मैं घर पर बैठे नहीं रह सकता था | मैं एक बुढिया का वेश बना कर उन लोगों की खोजबीन लेने गया था |

बुढिया के वेश में मैंने बहुत देर से अपने घर पर नजर रख रहे उस आदमी की मदद भी ली | उसने मुझे सड़क पार करवाई | बाद में उसका पीछा करके मैंने उसे एक एयर गन खरीदते हुए देखा | शायद वो मेरे बुत के लिये ही हो | शायद वो मुझे खिड़की से निशाना बनाने की कोशिश करने का इरादा रखता हो ?"

"यह तो बहुत खतरनाक बात है | तुम्हारी जान खतरे में है |"

"ऐसे खतरे तो मेरे काम में उठाने ही पड़ते हैं |"

"अब तुम क्या करोगे ?"

"फिलहाल तुम यह कागज लो | इस पर मैंने उस शातिर चोर का नाम लिख दिया है | काउंट नेग्रेटो सिल्वियस ! इस पर उसका पता भी लिखा है | तुम इसे ले जाकर स्कॉटलैंड यार्ड में इंस्पेक्टर लेस्टरेड को दो | आगे वो खुद देख लेंगे |"

"इसका मतलब बाहर जो खड़ा है वो सिल्वियस का आदमी है ?"

"हां ! वो मार्टेन है | सिल्वियस का साथी | ये दोनों मिल कर ही अपना काम करते हैं |"

"यह जानने के बाद भी तुम उसे गिरफ्तार करवाने का इंतजाम क्यों नहीं कर रहे ?"

"नहीं ! अभी उसका समय नहीं आया है | अभी मैं ये नहीं जानता कि सिल्वियस ने व्हाईट मून को कहां रखा है ? अगर मैंने ऐसा किया तो सिल्वियस सावधान हो जायेगा और हीरा मेरी पहुंच से दूर जा सकता है |"

"क्या व्हाईट मून वाकई सिल्वियस ने चुराया है ?"

"हां ! पक्का !"

"इस विश्वास का कारण ?"

"उसे महंगे हीरों को चुराने का शौक है | कह सकते हैं कि जुनून है | मैं उसकी बायोग्राफी को जानता हूं | मैं उसकी टेक्निक को जानता हूं | इस हीरे को केवल वही चुरा सकता है | पुलिस भी जानती है | लेकिन इस बार वो उस पर बिना पक्के सबूतों के हाथ रखने की भूल नहीं करना चाहती क्योंकि पहले भी वो ऐसी गलती कर चुकी है जिसके परिणामस्वरूप उसे चोरी गये हीरों से हाथ धोना पड़ा यानी वो हीरों को उससे हासिल नहीं कर सकी |"

"इसलिये इस बार ये केस तुम्हें सौंपा गया है ?"

"इस बार अपराधी से पहले हीरे की बरामदगी ज्यादा जरूरी है | शातिर चोर सिल्वियस भी इस बात को जानता है इसलिये वो मेरी हर गतिविधि पर निगाह रखे हुए है | वो कोई चूक नहीं करना चाहेगा |"

तभी बिली अंदर आया | उसके हाथ में एक कार्ड था | उसने वो कार्ड शरलॉक को दे दिया | कोई शरलॉक से मिलना चाहता था | कार्ड पर लिखा नाम पढ़ते ही शरलॉक के होंठ गोल हो गये | डॉ. वाटसन ने पूछा – "कौन मिलना चाहता है ?"

"सिल्वियस !"

"क्या ?" डॉ. वाटसन बुरी तरह से चौंका था – "इसकी इतनी जुर्रत कि ये यहां भी आ पहुंचा |"

"हां ! जुर्रत का नाम ही सिल्वियस है |"

"इससे पता चलता है कि उस पर तुम्हारे नाम का भी कितना खौफ है | गुड !"

"अब तुम फौरन जाओ | और हां ! उसकी निगाहों से बच कर |"

"ये लोग खतरनाक हैं | तुम भी अपना ध्यान रखना |" यह कहते हुए डॉ. वाटसन पिछले दरवाजे से बाहर चले गये | शरलॉक ने बिली को उसी

कमरे में ले आने को कहा, जहां उसका पुतला कुर्सी पर बैठा हुआ था | वो खुद दूसरे कमरे में चला गया |

बिली सिल्वियस को लेकर अंदर आया | सिल्वियस लम्बे कद का खतरनाक इंसान था | उसके चेहरे की रंगत काली नहीं थी लेकिन सूरज की अल्ट्रा-वायोलेट किरणों के प्रभाव में उसका चेहरा काला पड़ गया था | शायद वो अधिक समय घर से बाहर ही रहता था |

उसने किसी सम्भ्रांत इंसान की तरह सभ्य कपड़े पहने हुए थे | उसने नेक टाई भी बांध रखी थी | उसके चेहरे पर हल्की दाढ़ी-मूंछ भी थी | कमरे में लैम्प की मध्यम पीली रौशनी थी | बिली ने उसे बैठने का इशारा किया और बाहर निकल गया | उसने दरवाजा बंद कर दिया था | सहसा बिली की निगाहें एक तरफ बैठे शरलॉक पर पड़ी | उसकी पीठ उसकी तरफ थी | उसे देख कर उसकी आंखों में बाज की सी चमक आ गई |

उसने अपने हाथ में थमी छड़ी को मजबूती से पकड़ा और दबे पांव शरलॉक की तरफ बढ़ा | उसके दांत कस कर भिंचे हुए थे | उसने शरलॉक के सिर को निशाना बनाने के लिये छड़ी को ऊपर उठाया | एक ही वार में उसे खत्म कर देने का इरादा रखता था |

"होल्ड ऑन मिस्टर सिल्वियस !" वह आवाज सुन कर सिल्वियस उछल कर वापस पलट गया | सामने निगाहें जाते ही उसके होश फाख्ता हो गये | शरलॉक बेड रूम से मुस्कराते हुए बाहर आ रहा था – "ये डमी भी क्या चीज है ना ? इससे आदमी के असली होने का धोखा हो जाता है |"

भौंचक्के खड़े सिल्वियस ने अपना छड़ी वाला हाथ नीचे कर लिया | शरलॉक ने बिना उसकी मौजूदगी से विचलित हुए कहा – "इसे मैंने मोम के पुतले बनाने वाले फ्रेंच मॉडलर मिस्टर टेवेनियर से बनवाया है | वो अपने काम में उतना ही एक्सपर्ट है जितना मिस्टर स्ट्राबेंजी जो एयर गन बनाने में एक्सपर्ट है |"

"एयर गन से मेरा क्या मतलब ?"

"घबराओ नहीं | यहां तुम्हें शायद ना तो अपनी छड़ी को इस्तेमाल करने की जरूरत पड़ेगी और न ही एयर गन की |"

"क्या मतलब है इन बातों का ? मैं भला क्यों छड़ी और गन का इस्तेमाल तुम पर करुंगा ? मेरी तुमसे क्या दुश्मनी है ?"

"अभी तुम करने वाले थे | मेरे पुतले पर | अगर वो पुतला ना होता तो शायद तुम उसकी खोपड़ी को तोड़ चुके होते ?" शरलॉक ने अपने पुतले की तरफ इशारा किया |

"मेरा ऐसा कोई इरादा नहीं था | मैंने आज तक मक्खी भी नहीं मारी|"

"मेरी जानकारी के अनुसार तो तुम अल्जीरिया में शेर के शिकार के लिये प्रसिद्ध हो ?"

"ओह ! मेरा पूरा इतिहास पढ़ रखा है तुमने |"

"तब तो तुम ये भी जानते होंगे कि कहां है व्हाईट मून ? मैं जानता हूं उसे तुमने ही चुराया है | अब बता दो कहां रखा है ?"

"मून तो आकाश में है |"

"मैं व्हाईट मून हीरे की बात कर रहा हूं |"

"अगर वो मेरे पास होता तो मैं दुनिया का सबसे अमीर इंसान होता | फिर मैं तुम्हारे पास क्यों आता ? तुम्हें नौकरों की तरह खरीद कर अपने पास बुलाता |"

"अभी क्यों आये हो ?"

"यह जानने कि कहां है वो हीरा ?"

"तुम्हारे पास |"

"मैं जानता हूं तुम्हें पता है कि वो हीरा किसके पास है ? हीरे की चोरी का केस तुम्हें ऐसे ही नहीं सौंपा गया | तुम मुझे बता दो वो हीरा कहां है ? किसके पास है ? मैं तुम्हें मालामाल कर दूंगा |"

"तुम अभी भी सोच रहे हो कि मैं तुम्हारी बातों में आ जाऊंगा ? थोड़ा रुको |" शरलॉक ने टेबल की ड्रायर में से एक ताश की गड्डी निकाली | फिर बोला – "मैं जानता हूं तुम ताश के अच्छे खिलाड़ी हो ?"

"हां ! हूं ! पर यहां तुम्हारे साथ ताश खेलने नहीं आया |"

"जानता हूं ! तुम्हें ताश के रुल पता होंगे इसलिये बता रहा था |"

"क्या मतलब ?"

"ताश का कोई खिलाड़ी जब अपने ट्रम्प कार्ड का इस्तेमाल करता है तो दूसरे खिलाड़ी क्या करते हैं ?"

"निसंदेह सरेंडर करते हैं ! ट्रम्प कार्ड सबसे बड़ा कार्ड माना जाता है |"

"बिल्कुल ठीक कहा | तुम भी यही करो | सरेंडर ! मैं तुम्हें फांसी के फंदे तक जाने से बचा सकता हूं | तुम बाहर खड़े अपने दोस्त को भी बचा सकते हो जिसने वो एयर गन खरीदी है | सोच लो | लेकिन एक मिनट | तुम सोच रहे होगे कि मैंने अपना ट्रम्प कार्ड तो शो किया ही नहीं |"

वो बुत सा बना खड़ा रहा | शरलॉक ने एक डायरी निकाल कर उसे दिखाई – "यह है मेरा ट्रम्प कार्ड |"

"क्या है इस डायरी में ?"

"तुम्हारे सारे गुनाहों का कच्चा चिटठा |"

"क्या बकवास है ? मैं एक शरीफ आदमी हूं |"

"शरीफ आदमी हीरे का पता पूछते हुए मेरे पास नहीं आते |"

"तुम मेरे किसी गुनाह को सिद्ध नहीं कर सकते |"

"यह डायरी सुन लो |" शरलॉक ने कहा – "तेरह फरवरी अट्ठारह सौ बानवें ! तुमने अपने साथी मार्टेन के साथ डीलक्स एक्सप्रेस में लूटपाट की | लुटेरे दो थे जो पुलिस के हत्थे नहीं चढ़े | उस ट्रेन में एक यात्री की गोल्डन चेन घड़ी लूट ली गई थी | वो चेन घड़ी अभी भी तुम्हारी जेब में है |

उस यात्री का पता ढूंढने में कुछ तकलीफ तो हुई पर काम मुश्किल नहीं था | उसका पता तो मैं तुम्हें नहीं बताऊंगा वरना तुम उस बेचारे की जान खामख्वाह ही ले लोगे | हां ! पुलिस को जरूर उसका पता बताउंगा | वो अपनी घड़ी के साथ तुम्हें भी पहचान लेगा जोकि पुलिस को अभी तुम्हारे पास मिलेगी | इस बात की गवाही बिली भी देगा |"

सिल्वियस का मुंह भाड़ जैसा खुल गया | उसका हाथ जेब की तरफ गया जहां वो घड़ी एक चेन की मदद से उसकी जेब में थी – "तुम्हें इस घड़ी और उस ट्रेन रॉबरी का पता कैसे चला ?"

"मार्टेन ने मुझे उस वक्त बताया जब मैंने उससे समय पूछा | तब एक बुढिया के रूप में मैं उससे मिला था | उसने ही बातों-बातों में बताया कि उसके दोस्त के यानी तुम्हारे पास एक गोल्डन चेन घड़ी है |

उस घड़ी का जिक्र आते ही मुझे उस ट्रेन डकैती की याद हो आई | मैं समझ गया कि वो ट्रेन डकैती तुम्हारा ही काम थी | और पुलिस को आज भी उस रॉबरी के कुसूरवार की तलाश है |"

शरलॉक ने कहा – "आगे सुनो | एक माह पहले तुम्हारे सिर पर ब्लायेमर एस्टेट की मालकिन मिनी वारेंडर के कत्ल का केस भी है जिसमें तुम दोनों दोस्त सबूतों के अभाव में बच गये | कत्ल की वजह बना वो क्लब हाउस जिसे तुम उसके हाथों जुए में हार गये थे |

उससे क्लब हाउस वापस पाने के लिये तुमने उसका कत्ल कर दिया और उसकी लाश को उसी एस्टेट के पिछवाड़े में गाढ़ दिया | पुलिस को लाश नहीं मिली | तुम्हारा जुर्म साबित नहीं हो सका | जबकि उस एस्टेट के किस हिस्से में उसकी लाश कहां है यह मैं आज भी बता सकता हूं |"

"यह कैसे जाना ?"

"बहुत आसान था | एस्टेट की फालतू जमीन पर घास बहुत होती है | उसे खोदो और उसमें कुछ भर कर उस गड्ढे को वापस मिट्टी से भी भर दो तो घास उस पर दोबारा भी उग जाती है लेकिन जमीन की सामान्य उगी घास और एक बार कट कर फिर से उगी घास में कटिंग का फर्क आ जाता है|

खुदी हुई जमीन भी पहले की जमीन के बराबर समतल नहीं हो पाती है | बरसात का पानी जैसे ही जमीन पर पड़ता है तो जमीन एकाध इंच जरूर धंसती है |

इस फर्क को ढूंढ लेना मेरे लिये कोई मुश्किल काम नहीं था | एक बार ऐसी जगह मिल जाये तो फिर इस प्रकार की जमीन में दफन लाश को ढूंढ लेना भी कोई मुश्किल नहीं होता क्योंकि किसी के पास अगर इतनी बड़ी एस्टेट की जमीन है तो वो भला एक लाश को और कहां दफनाने जा सकता है |"

सिल्वियस की आंखें जैसे बाहर को उबलने लगी थीं | उफ़ ! ये आदमी था या शैतान | गढे मुर्दे भी उखाड़ सकता है ये | सिल्वियस को अपनी सांस रूकती हुई सी महसूस हुई | उसने बहुत मुश्किल से खुद पर और अपने मनोभावों पर काबू किया |

"व्हाईट मून डायमंड व्हाईट हॉल से गायब किया गया |" शरलॉक अभी चुप होने के मूड में नहीं था – "वो दो कोच मैन, जो तुम्हें अपनी घोड़ा गाड़ी में वहां तक ले कर गये मैं उनसे मिल चुका हूं | वो दोनों वक्त पड़ने पर यह गवाही देंगे कि उन्होंने तुम्हें वहां छोड़ा था |"

"इससे यह साबित नहीं होता कि हीरा हमने चुराया है क्योंकि घोड़ा गाड़ी किराये पर लेकर वहां जाकर कोई भी हीरे को देख सकता है।"

"जरूर देख सकता है। लेकिन कोई एक हीरा व्यापारी से हीरे की कटिंग का सौदा नहीं कर सकता।"

"क...क्या मतलब?"

"मतलब तुम अच्छी तरह से जानते हो। आइकी सेंडर्स !"

"इस नाम का क्या मतलब है ?"

"तुम इसे अच्छी तरह से जानते हो। तुम्हारे जैसे हीरे के चोर ही वास्तव में ऐसे लोगों को जानते हैं। आइकी सेंडर्स चोरी गये हीरों को काटने का धंधा करता है। अपराध जगत के अलावा मैं भी इस बात को जानता हूं। तुमने हाल में ही उससे व्हाईट मून को चार हिस्सों में काटने की सौदेबाजी की है। तुम भले ही मुकर जाओ वो नहीं मुकरेगा क्योंकि इससे उसका धंधा बंद हो जायेगा। मैं चलने नहीं दूंगा।"

"तुम्हारी भलाई इसी में है कि तुम मेरा कहा मान कर वो हीरा मेरे सुपुर्द कर दो | इसे एक सौदा समझो | बदले में मैं तुम्हें तुम्हारे पिछले उन गुनाहों से बचा लूंगा जिनका जिक्र अभी कुछ देर पहले मैंने तुमसे किया , जो तुमने किये और जिसके लिये अभी तुम पकड़े नहीं गये | अपने उस दोस्त मार्टेन को अंदर बुला लो ताकि उससे सलाह मशविरा कर सको | और हां ! उसे कहना कि अपनी एयर गन का इस्तेमाल यहां करने की कोशिश ना करे|"

"वो ऐसा क्यों करेगा ?"

"एयर गन इसी मकसद से लाई गई थी |"

"यह झूठ है |"

"और झूठ पकड़ना ही मेरा काम है | अगर यह झूठ है तो फिर वो वहां बंदूक के साथ किसकी पहरेदारी कर रहा है ? तुम्हारा दोस्त एयर गन को इसी मकसद से लाया था अब यह बात दूसरी है कि भीड़ भरी सड़क से यहां इस कमरे में मुझ पर निशाना लगा पाने का अवसर उसे नहीं मिला |

लोग जानते हैं कि यहां मैं रहता हूं | वो उस पर बाज की तरह झपट पड़ते और नोंच डालते | वो गोली चलाता तो भी उसे सफलता नहीं मिलने वाली थी क्योंकि वहां से यहां कुर्सी पर जो शरलॉक बैठा हुआ दिख रहा है वो तुम देख ही रहे हो कि मेरा पुतला है |

बाहर से गोली का निशाना बना नहीं सकते थे इसीलिए तुमने प्लान बदल दिया | बदले हुए प्लान के तहत तुम अंदर मुझे मारने ही आये थे | इसलिए मुझे कुर्सी पर असावधान बैठा देख कर तुमने छड़ी का प्रहार मुझ पर करने की कोशिश की |"

सिल्वियस ने हथियार डाल दिये – "तुम बहुत शातिर हो | हां ! हमने बिल्कुल ऐसा ही प्लान बनाया था | हमें शक था कि इस चोरी के लिये तुम्हें हायर किया जायेगा | इसलिये मार्टेन को मैंने पहरे पर बिठाया ताकि वो तुम्हारी गतिविधियों पर निगाह रखे |

जब तुम एक बुढिया के वेश में बाहर निकले तो वो तुरन्त तो नहीं लेकिन बाद में तुम्हें पहचान गया था |"

"हां ! वास्तव में मैं भी यही चाहता था कि तुम्हारा दोस्त मुझे पहचान जाये क्योंकि तुम उसके जरिये मेरे घर पर नजर रख रहे हो इस बात को मैं कन्फर्म कर लेना चाहता था क्योंकि अगर वास्तव में ऐसा था तो फिर मैं

हीरा चोर के बहुत पास था | मैं चाहता था कि मेरी हरकतों से तुम भी बौखला कर यहां आओ |"

"यह मजेदार रहा | तुम पर नजर रखने का प्लान मेरा था जबकि फंस हम रहे थे तुम्हारी प्लानिंग में | ग्रेट ! जब मार्टेन गन खरीदने गया तो उसे पता था कि तुम उसका पीछा कर रहे हो | गन खरीदने का मकसद तुम्हें डराना ही था ताकि तुम इस केस से अपने हाथ खींच लो |

तुम फिर एक ऐसे फटेहाल व्यक्ति के वेश में बाहर निकले जिसे नौकरी की सख्त जरूरत हो | हमें तुम्हारी हरकतों से यह नहीं मालूम पड़ रहा था कि आखिर तुम कर क्या रहे हो ? उसने तुम्हें व्हाईट हाल जाते भी देखा था | वहां से तुम उसे चकमा देकर गायब हो गये थे | हम यह नहीं जान पा रहे थे कि तुम हम पर शक कर रहे हो या नहीं ?"

"तुम्हें चकमा देकर गायब होना जरूरी था क्योंकि तब मैं आइकी सेंडर्स के पास गया था |"

सिल्वियस ने इशारे से मार्टेन को भीतर आने को कहा | मार्टेन कुछ भी ना समझते हुए भीतर आ गया | सिल्वियस ने कहा – "मार्टेन ! डीयर ! हमारा खेल खत्म हो चुका है | हम फंस चुके हैं | लेकिन शरलॉक होम्स हमें बचने का एक मौका देना चाहता है |"

"कैसा मौका ? मैं इसे गोली से उड़ा देता हूं |" दांत भींचते हुए उसने एयर गन बाहर निकाल ली | उसे सिल्वियस ने रोका – "इसकी जरूरत नहीं है | पहले मेरी बात सुन लो | शरलॉक हमसे एक सौदा करना चाहता है |"

उसने शरलॉक के सौदे के बारे में उसे बताया | सुनने के बाद मार्टेन की हालत ऐसी हो गई कि काटो तो खून नहीं | शरलॉक ने लोहा गर्म देख कर हथौड़ा मारा – "मैं अपने बेड रूम में जा रहा हूं | वहां जाकर मैं वॉयेलिन बजाऊंगा | तुम्हारे पास पांच मिनट हैं सोचने के लिये |

सोच लो | मेरे बेड रूम से वॉयेलिन की आवाज आनी बंद हो जाये तो समझ लेना कि तुम्हारा समय खत्म हो गया | यदि तुम मुझे हीरा सौंप देते हो तो मैं वादा करता हूं कि तुम्हें तुम्हारे पिछले गुनाहों से बचा लूंगा | अन्यथा तुम हीरा पाकर भी जेल जाओगे या फांसी चढोगे |"

यह कहते हुए शरलॉक अपने बेड रूम में चला गया | दोनों बुत बने खड़े रह गये | शरलॉक के बेड रूम से वॉयेलिन के स्वर आने लगे | दोनों को

बेचैनी होने लगी | कुछ देर की चुप्पी के बाद सिल्वियस बोला – "क्या कहते हो मार्टेन ? शरलॉक ठीक कहता है | वो जानता है कि हीरा हमारे पास है लेकिन हीरा हमारे पास होने के बाद भी अगर हम फांसी पर चढ़ गये तो ऐसे पैसे का क्या फायदा ?"

"लेकिन हम उस पर विश्वास कैसे कर सकते हैं |"

"हमारे पास और कोई रास्ता नहीं है |"

"रास्ता है | हम उसके घर में हैं | हमारे पास अवसर है | हम उसे कत्ल कर डालते हैं | कौन जान पायेगा कि कत्ल किसने किया ?"

"उसे मूर्ख मत समझो | वो किस दिलेरी से बात कर रहा है | उसे भी इस बात का गुमान होगा कि हम उसे मार सकते हैं | हथियार सिर्फ तुम्हारे पास नहीं उसके पास भी हो सकता है | वहां देखो | उसने तुम्हें मूर्ख बनाने के लिये अपना पुतला बिठा रखा है |" सिल्वियस ने कुछ दूर खिड़की के पास रखी टेबल पर बैठे शरलॉक के पुतले की तरफ इशारा किया | मार्टेन ने दांत पीसे | फिर दोनों ने उधर से अपना ध्यान हटा लिया और दूसरी तरफ की खिड़की के पास आ गये |

वॉयेलिन का स्वर बेड रूम से लगातार आ रहा था | दोनों बेचैनी के साथ किसी निष्कर्ष पर पहुंचने की कोशिश कर रहे थे | मार्टेन ने कहा – "हीरा इस वक्त कहां है ?"

"क्यों पूछ रहे हो ?"

तभी खिड़की की तरफ से कुछ आहट हुई | जिसे सुनकर सिल्वियस चौक कर कह उठा – "यह आवाज कैसी थी |"

"आवाज को गोली मारो | सड़क की तरफ से आई होगी | वहां बहुत तरह की क्रियाएं चलती रहती हैं |"

"तुम कुछ कहना चाहते थे ?" सिल्वियस वापस खिड़की के पास आ गया और बाहर देखने लगा | पास ही टेबल के सामने कुर्सी पर शरलॉक का पुतला सिर झुकाए बैठा था |

"देखो ! मैं चाहता हूं कि बाहर आते ही हम इस जासूस के बच्चे को मार कर फेंक दें | जब तक इसके कत्ल का पता चलेगा तब तक हम हीरे के साथ कहीं दूर निकल सकते हैं | हम शहर छोड़ देंगे | पुलिस हमारी तलाश में लगी रहेगी लेकिन हम हाथ आयेंगे तभी तो हमें हमारे गुनाहों की सजा मिलेगी |"

"शायद तुम ठीक सोच रहे हो | हीरा मेरे पास ही है | यह देखो |" कहते हुए सिल्वियस ने अपने कोट की आस्तीन उंची करके वहां बंधा हीरा उसे दिखाया जिसे देखते ही मार्टेन की भी आंखें हीरे की मानिंद चमक उठीं|

"लेकिन पांच मिनट से तो बहुत ज्यादा हो चुके हैं | वो जासूस का बच्चा अभी तक बाहर क्यों नहीं निकला ?"

"कम्बख्त अभी तक वॉयेलिन बजा रहा है | उसे पता ही नहीं है कि मौत उसकी जिंदगी के तार हिलाने की तैयारी कर चुकी है |"

"आओ देखें !"

वो आगे बढ़ने को हुए ही थे कि ठीक उसी पल कुर्सी पर बैठा पुतला हिला | हिला क्या पूरा उछल ही जो पड़ा | दोनों कुछ समझ भी नहीं पाए कि हीरा सिल्वियस के हाथ से निकल कर उस बुत के हाथ में पहुंच गया | दोनों बौखला गये | सामने शरलॉक मुस्कराता खड़ा था | हीरा उसके हाथ में चमक रहा था |

"त... तुम तुम यहां कैसे आ गये ?"

"तुम तो अंदर वॉयेलिन बजा रहे थे ?"

"मेरे बेड रूम से एक गुप्त रास्ता यहां तक आता है | मैं चुपचाप यहां आकर बैठ गया था | तुमने जो बीच में खटका सुना था वो तब हो गया जब उस बुत को हटा कर मैं वहां बैठ रहा था | अगर तुम शरलॉक होते तो उस खटके को ऐसे ही ना जाने देते | मैं जानता था कि तुम ऐसी कोई हरकत कर सकते हो इसलिये सावधान था |"

"यू!!!!!!!!!!!!!!" सिल्वियस उसे मारने को झपटा | इसी पल डॉ. वाटसन पुलिस के साथ अंदर आ गये | पुलिस ने उन दोनों को तुरन्त अपने शिकंजे में ले लिया |

"गुड ! मैंने तुम्हें बाहर से आते हुए देख लिया था | वॉयेलिन बजाने का तो बहाना था | वास्तव में मुझे तुम्हारा ही इन्तजार था |"

"तुम यहां बैठे तो फिर वॉयेलिन कैसे बज रहा था ?" मार्टेन ने पूछा |

"अंदर तो ग्रामोफोन पर वॉयेलिन बज रहा था |" पुलिस दोनों चोरों को पकड़ कर ले गई | उनके जाने के बाद मिस्टर केंटलमेयर जल्दी से भीतर आये | उन्हें इस बात की सूचना भेज दी गई थी | वे आते ही बोले – "हीरा कहां है ?"

"आप आराम से सांस तो लें मिस्टर केंटलमेयर ! हम आपको बताना चाहते हैं कि हीरा मिल चुका है | और हीरा इस समय जिसके कब्जे में है हम उसके बारे में भी आपको बताना चाहते हैं |" शरलॉक ने स्वागत की मुद्रा में उनका हाथ उनके बहुत करीब जाकर अपने हाथ में लेते हुए कहा |

"हीरा जिसके कब्जे में है क्या उसे अभी तक पुलिस के हवाले नहीं किया गया ?"

"उसके लिये तो हमें वारंट चाहिये होगा |"

"तो वारंट लाने में क्या देरी है ?"

"उसके लिये फिर आपकी परमिशन की जरूरत होगी ?" शरलॉक मुस्कराया |

"क्या मतलब ? पुलिस के काम में मेरी परमिशन क्यों ?"

"क्योंकि हीरा इस वक्त आपके कोट की जेब में है |"

"क्या ?" मिस्टर केंटलमेयर ने अपनी जेब में हाथ डाला तो वहां हीरे की मौजूदगी का एहसास उन्हें हुआ | उन्होंने फौरन हीरे को बाहर

निकाला। उसकी जगमग से उनकी आंखों की चमक बढ़ गई। हजार करोड़ का व्हाईट मून उनके हाथ में था।

"सॉरी मिस्टर केंटलमेयर ! यह एक मजाक था। आपसे हाथ मिलाते हुए मैंने हीरा आपके कोट की जेब में डाल दिया था।"

"ओह ! मैं समझ गया। शुरू में जब मैं प्रधान मंत्री और रक्षा मंत्री जी के साथ यहां आया था तो मुझे तुम्हारी योग्यता पर संदेह था। मैं तुम्हें मजाक भरी निगाहों से देख रहा था कि तुम शायद हीरे का पता लगा पाने में नौसिखिये साबित ना हो जाओ। पर तुमने सचमुच कर दिखाया। ये मजाक उसके बदले में था। ओ.के. ! ओ. के. ! तुमने अच्छा काम किया मिस्टर शरलॉक होम्स !"

"हां ! इस काम में डॉ. वाटसन ने भी मेरी मदद की है और बिली ने भी मेरा पुतला बना कर।"

हीरा मिलने की चमक उनका धन्यावाद करके वहां से जाते हुए मिस्टर केंटलमेयर के चेहरे पर थी और शरलॉक के चेहरे पर काम की सफलता की चमक थी। लेकिन अब उन्हें याद आ रहा था कि उन्होंने तीन दिन से कुछ भी खाया पीया नहीं है।

"बिली ! जल्दी से खाने की व्यवस्था करो।"

जबकि डॉ. वाटसन को उम्दा खाने की खुशबू पहले ही आ चुकी थी। बिली खाना लगा चुका था। दोनों डायनिंग हॉल की तरफ भाग पड़े।

❑

आखिरी पन्ना !!

(The Adventure of the Three Gables)

"डीयर शरलॉक होम्स ! मेरा कुत्ता खो गया है !" तीस साल की उम्र का वो नौजवान बहुत परेशान हाल शरलॉक के घर में उसके कमरे में मौजूद था | डॉ. वाटसन शरलॉक के साथ ही बैठे थे | दोनों उस वक्त चाय की चुस्कियों का मजा ले रहे थे | युवक की परेशानी देख कर डॉ. वाटसन ने मुस्करा कर शरलॉक की तरफ देखा जैसे वो कहना चाह रहे हों कि क्या शरलॉक अब ऐसे खोये हुए कुत्तों का भी पता लगायेगा ?

शरलॉक उसे निराश नहीं करना चाहता था | उसने मुस्कराते हुए पूछा – "कुत्ता कब से तुम्हारे पास है ?"

"पिछले दो सालों से |"

"पिछले दो सालों में तुम उसे कहां-कहां घुमाने ले गये ?"

"मैं जहां भी गया उसे साथ ले गया | ऑफिस छोड़ कर | मैंने कभी उसे चेन से नहीं बांधा | वो हमेशा मेरे आगे-पीछे रहता था | लेकिन आज ना जाने कहां गायब हो गया ?"

"देखो ! कुत्ते की नाक बहुत सूंघती है | वो अपने ठिकाने को पहचानता है | जब दो साल से वो तुम्हारे पास है तो वो कहीं नहीं जा सकता | हो सकता है यहां तुम उसे ढूंढ रहे हो और वहां वो तुम्हें ढूंढ रहा हो |"

"और वो बेचारा तो मदद के लिये भी किसी के पास नहीं जा सकता |" डॉ वाटसन ने मुस्करा कर प्लेट में पड़े कुकीज को खाने के बाद चाय का सिप लेते हुए कहा |

तभी बाहर से कुत्ते के भौंकने का स्वर गूंजा | शरलॉक ने कहा – "लो ! तुम्हारा कुत्ता तुम्हें ढूंढते हुए यहीं आ गया | जाओ | बाहर जाओ |"

उसके बाहर जाते ही डॉ. वाटसन और शरलॉक भी जोर से हंस पड़े |

यह कोई पहली बार नहीं था | शरलॉक की प्रसिद्धि ही इतनी थी कि उसके घर के आसपास रहने वाले लोग ऐसे-ऐसे छोटे-छोटे केस भी उसके पास लेकर आ जाते थे | एक बार तो एक बच्चा अपनी पेन्सिल खोने पर ही आ गया | वो शरलॉक की मदद चाहता था |

वो एक खुशगवार सुबह थी | शरलॉक के पास फिलहाल कोई केस नहीं था इसलिये वो रिलेक्स था लेकिन काम कब आ पड़े यह कोई नहीं जानता था | वो आदमी हवा के झौंके के समान भीतर दाखिल हुआ था | उसकी उम्र तीस साल के आसपास रही होगी | उसका शरीर हृष्टपुष्ट था | दिखने में वो मस्सलमैन लगता था |

उसके चेहरे पर कठोर भाव थे या फिर उसने वैसे भाव बना रखे थे | कभी-कभी कुछ लोग दूसरे लोगों को प्रभावित करने या भयभीत करने के लिये ऐसे भाव बना लेते हैं | भीतर आते ही उसने सवाल दागा – “तुम दोनों में से शरलॉक होम्स कौन है ?”

डॉ. वाटसन ने मजाक के मूड में कहा – “अगर मैं डॉ. वाटसन हूं तो शायद ये शरलॉक होम्स होने चाहिये |” उन्होंने शरलॉक की तरफ इशारा किया |

“और अगर मैं शरलॉक होम्स नहीं हूं तो फिर मेरे जैसे कपड़े पहने कोई और कहीं जरूर घूम रहा होगा |”

“ओह ! तो तुम हो शरलॉक होम्स !” उसने अपना फोकस शरलॉक पर किया – “मैं यहां तुम्हारी ऐसी कोई बकवास सुनने नहीं आया और ना ही मुझे किसी केस में तुम्हारी मदद की जरूरत है |”

“तो फिर तुम्हारे आने का कारण ?”

“मैं तुम्हें वॉर्न करने आया हूं | तुम्हारी नाक बहुत सूंघती है ना ? उसे अपने काबू में रखो | फालतू इधर-उधर सूंघना बंद कर दोगे तो तुम्हारी सेहत के लिये अच्छा होगा | और ध्यान रहे | मैं एक बात को बार-बार रिपीट नहीं करता | समझे ?”

“और अगर बात किसी वजह से हमारी समझ में ना आ पाये तो तुम क्या करोगे ?”

"बात समझाने का तरीका बदल दूंगा।" उसने अपने हाथ को मुक्के की शक्ल दी और दांत पीसते हुए मुक्के को उनकी आंखों के आगे लहराते हुए बोला।

डॉ. वाटसन को उसकी बदतमीजी बर्दाश्त नहीं हुई। वे अपनी सीट से खड़े होकर कोई एक्शन लेने की कोशिश करने वाले थे कि शरलॉक का इशारा पाकर रुक गये।

"अगर मैंने बात करने का अपना तरीका बदल दिया तो तुम अभी एक युवा के कत्ल के इल्जाम में जेल की हवा खा सकते हो। उसका नाम पर्किन्स था। होल्बोर्न बार के बाहर तुमने उसे मारा था।"

उसे जैसे सांप सूंघ गया | शरलॉक ने आगे कहा – "मैं यहां आने वाले हर इंसान को बैठने को बोलता हूं और उसे चाय-कॉफी ऑफर करता हूं | लेकिन तुम जानते हो मैंने तुम्हें बैठने को क्यों नहीं कहा ?"

वो चुप खड़ा था |

"क्योंकि मैं तुम्हें पहचानता हूं | तुम स्टीव हो | स्टीव डिक्सी | पहले तुम रिंग में प्रोफेशनल मुक्केबाजी करते थे | बाद में गैरकानूनी कामों में लग गये | तुम्हारे जैसे ताकतवर लोगों की जरूरत रहती है अपराध की दुनिया के बड़े मगरमच्छों को |"

"उसका कत्ल मैंने नहीं किया था |" वो घिघियाया – "उसे किसी और ने मारा था |"

"ऐसा कह कर तुम पुलिस और क़ानून की आंखों में धूल झौंक सकते हो मेरी नहीं | मैं जानता हूं कि पुलिस अभी उस केस की इन्वेस्टिगेशन कर रही है और मुझे इसमें जुटने की जरूरत नहीं है | इस समय तुम किसके लिये काम कर रहे हो यह भी मैं जानता हूं ? किंगपिन बार्नें स्टॉकडेल है उसका नाम | क्या तुम अभी भी यहां रुकना चाहोगे ? यदि हां तो मैं सचमुच तुम्हारी हिम्मत की दाद देते हुए तुम्हारे लिये चाय मंगाता हूं |"

वो वहां नहीं रुका | उसके जाते ही डॉ. वाटसन बोले – "तुम्हें तो उसकी पूरी हिस्ट्री मालूम है ?"

"शिकारी को उड़ती चिड़िया का शिकार करना है तो उसके पर भी गिनने पड़ते हैं |"

"क्या उसे बार्नें ने भेजा था ?"

"हां ! बार्नें जुर्म की दुनिया का एक कुख्यात नाम है जो ठगी, किडनेपिंग, हफ्ता वसूली, मारपीट इत्यादि जैसे गैर-कानूनी काम करता है| बार्नें पैसा लेकर दूसरे के लिये भी काम करता है | अभी यह मालूम होना मुश्किल है कि उसे किसने हायर किया होगा ?"

"लेकिन तुम्हें कैसे पता कि इस केस में उसे किसी ने पैसा देकर हायर किया है ?"

"तुमने स्टीव की धमकी को नहीं सुना ?"

"सुना था |"

"वो अकारण ही मुझे धमकी देने क्यों आएगा ? उसको देखते ही मैं उसके बोलने से भी पहले उसके आने की वजह समझ गया था |"

"कमाल है ! कैसे ?"

"मैं जानता था कि बार्ने गिरोह मेरे पीछे पड़ने वाला है |"

"क्यों ? तुमने उसका क्या बिगाड़ दिया ?"

"यह पत्र पढ़ो |" शरलॉक ने एक पत्र उसे दिया | डॉ. वाटसन ने पत्र उसके हाथ से लेकर उसे खोला और पढ़ने लगा | पत्र का मजमून इस प्रकार से था –

"डीयर शरलॉक होम्स ! मैं नहीं जानती कि इस केस में मुझे तुम्हारी मदद लेनी चाहिये या नहीं लेकिन मैं समझती हूं कि मुझे तुम्हारी मदद की जरूरत है | वजह है मेरा वो बड़ा मकान जो मेरे पति मेरे और मेरे बेटे के लिये छोड़ गये थे | समझ नहीं पा रही कि क्या करूं और क्या ना करूं ?

अगर तुम्हें कोई परेशानी ना हो तो कल किसी भी समय मुझसे आकर मिलो | 'थ्री गेबल्स' मेरे घर का नाम है | मेरे पति ने इस नाम को रखा था | अपनी जगह पर खड़ा कोई व्यक्ति एक पत्थर को जितना दूर उछाल सकता है मेरा घर 'वेल्ड' रेलवे स्टेशन से केवल उतनी ही दूर है | उम्मीद है ढूंढने में परेशानी नहीं होगी | तुम्हारे इंतजार में, मैरी माब्रले !"

"मैं इसे और इसके बेटे को जानता हूं | इसका पति भी मेरा क्लाइंट था| मुझे इसकी मदद को जाना होगा |" शरलॉक ने कहा और उठ खड़ा हुआ | दोनों ब्रेकफास्ट के बाद ट्रेन से वेल्ड पहुंचे | सचमुच उसने जैसा बताया था उसका घर स्टेशन से ज्यादा दूर नहीं था | सचमुच एक बहुत बड़े क्षेत्रफल में फैला हुआ वह एक भव्य घर था | घर की छतें उंची व दोनों तरफ ढालदार थीं | शायद इसलिये उसका नाम 'थ्री गेबल्स' था | घर के आसपास गार्डन और ऊंचे वृक्षों के कारण उसमें ग्रीनरी की भरमार थी | वहां काफी शांति थी | चिड़ियों की चीं-चीं सुहानी लगती थी |

थोड़ी ही देर में दोनों मैरी माब्रले के सामने बैठे थे | शरलॉक ने डॉ. वाटसन का परिचय उसे दिया |

"मुझे यकीन था कि तुम आओगे |"

'तुम्हारे पति सिर्फ मेरे क्लाइंट ही नहीं मेरे दोस्त भी थे | वैसे तुम्हारा बेटा डगलस कहां है ? वो कहीं दिखाई नहीं पड़ रहा ?"

"वो अब नहीं रहा |"

"ओह, नो ! ऐसा कब हुआ ? क्या हुआ था उसे ?"

"निमोनिया ! कुछ दिनों पहले ही ...|" उसकी आवाज थर्रा उठी | आंखें भर आईं – "वो उदास रहने लगा था | हर समय खोया-खोया सा | उसने इलाज में लापरवाही की जैसे इलाज करना ना चाहता हो |"

"क्या इसके पीछे कोई लड़की थी ? मेरा मतलब क्या वो किसी को चाहने लगा था ?"

माब्रले खामोश रही | शरलॉक समझ गया कि वो इस बारे में और बात नहीं करना चाहती | उसने टॉपिक बदलने के उद्देश्य से पूछा – "मुझे यहां बुलाने के पीछे क्या कारण है ? बताओ | मुझसे जो बन पायेगा करुंगा |"

"जैसा मैंने अपने पत्र में भी लिखा था कारण ये घर है | थ्री गेबल्स | परेशानी तब शुरू हुई जब एक दिन एक हॉउस एजेंट मेरे पास आया | उसने मुझे थ्री गेबल्स को बेचने के लिये कहा | वो कहने लगा कि यह घर मेरे लिये बहुत बड़ा है और चूंकि मैं इसमें अकेली रहती हूं तो यह मेरे लिये सुरक्षित भी नहीं है | वो जोर देकर कह रहा था कि इस सुनसान घर में कोई भी बदमाश घुस कर मेरा कोई भी नुकसान कर सकता है और किसी को पता तक नहीं चलेगा कि यहां क्या हुआ ?

डगलस की मौत के बाद कई दिन से अकेलापन मैं भी महसूस कर रही थी | मैं भी कुछ दिनों से सोच रही थी कि इस घर को बेच कर कहीं छोटा घर लूं और बचे पैसों से मैं तीर्थ यात्रा करना चाहती थी | मैं इसके लिये तैयार हो गई | हमने थ्री गेबल्स के लिये एक अमाउंट फिक्स किया | वो उस अमाउंट में सौदा करवाने को तैयार हो गया | लेकिन उसकी एक शर्त ने मेरे दिल में शंका पैदा कर दी |"

"कैसी शर्त रखी उसने ?"

"वो थ्री गेबल्स का सौदा उसके पूरे फर्नीचर सहित करना चाहता था | उसके लिये वो मुझे कुछ और अमाउंट भी ऑफर कर रहा था |"

शरलॉक और डॉ. वाटसन ने वहां रखे फर्नीचर पर एक नजर दौड़ाई | फर्नीचर पुराना था | एंटीक था | कीमती था | लेकिन ऐसा भी नहीं था कि वैसा या उससे और अच्छा बाजार में ना मिल सकता हो |

"यह मेरे लिये पहेली जैसा ही था कि आसपास की लोकेशन में खाली पड़े कई घरों को छोड़ कर वो मेरे घर को ही क्यों बिकवाने पर तुला था | वह भी पूरे फर्नीचर सहित |"

"फिर आपने क्या फैसला किया ?"

"हालांकि मन गवाही नहीं दे रहा था लेकिन फिर भी मैंने कुछ और अमाउंट बढ़ा कर सौदा पक्का कर लिया |"

"फिर गडबड कहां हुई ?"

"एजेंट ने सेल डीड तैयार करवा ली | अब मुझे उस पर सिग्नेचर ही करने थे और थ्री गेबल्स उसका हो जाता | मैंने अपने एडवोकेट मिस्टर सूत्रों को वह डीड दिखाई | उसने मुझे बताया कि एक बार इस डीड पर साइन हो जाने के बाद ना केवल फर्नीचर बल्कि इस घर की किसी भी चीज पर उसका कोई अधिकार नहीं होगा | यहां तक कि मेरे पर्सनल इस्तेमाल की चीजों पर भी |"

"कमाल है !"

"मैंने वापस अपने एजेंट से बात की | उसका भी वही कहना था | हां ! मैं कुछ कपड़े इत्यादि ले जा सकती थी | इसके अलावा कुछ नहीं | नहीं तो उसने डील केंसिल करने की धमकी दी |"

"इंट्रस्टिंग ! वो चीजों को 'जैसा है जहां है' की स्थिति में खरीदना चाहता था | ऐसा तो सिर्फ ऑक्शन इत्यादि की स्थिति में ही होता है |"

सहसा शरलॉक ने मुंह पर उंगली रख कर उन्हें बड़े ही रहस्यमय तरीके से चुप रहने को कहा | वो खड़ा हो गया | वो चुपचाप दबे पांव एक बंद दरवाजे की तरफ बढ़ा | उसने एक झटके से बंद दरवाजे को खोल दिया| शरलॉक ने बाज की तरह झपट कर वहां खड़ी एक औरत की कलाई थाम कर उसे भीतर खींच लिया |

"ये मेरी मेड सर्वेंट सूसन है | कुछ दिनों पहले ही मैंने इसे काम पर रखा है |"

"हां ! लेकिन ये दरवाजे के पीछे चुपचाप खड़ी हमारी बातें सुन रही थी |"

"न...नहीं ! मैं यहां केवल लंच के लिये कहने आई थी |" सूसन नॉर्मल दिखने की कोशिश कर रही थी |

"ओ. के. ! लेकिन उसके लिये तुम्हें पांच मिनट तक दरवाजे के साथ कान चिपका कर खड़े रहने की जरूरत नहीं थी |"

"आप मुझसे पुलिस जैसी पूछताछ क्यों कर रहे हैं ? मैंने कहा है कि मैं लंच के लिये इन्फोर्म करने आई थी |"

"मिसेज माब्रले | अपने जो पत्र मुझे पोस्ट किया था क्या डाक पेटी में डालने के लिये उसे आपने इसे दिया था ?"

"हां ! लेकिन उस बात का इससे क्या लिंक है ?"

"वो मैं देख रहा हूं |"

"आपकी बातों का क्या मतलब है ?"

"वो यही है | हां ! वो यही है |"

"तुम क्या बड़बड़ा रहे हो ?"

"मिसेज माब्रले | जब आपका भेजा खत मुझे मिला तो मैं यही सोच रहा था कि आखिर ऐसा कौन है जिसने इस खत को मुझसे भी पहले खोल कर पढ़ा है ?"

"क्या वाकई ऐसा हुआ है ?"

"बिल्कुल हुआ है ? वरना स्टीव नाम का वो बदमाश मुझे धमकी देने वहां नहीं आता | और अब मैं समझ गया हूं कि उसे खोल कर पढ़ने का पूरा मौका आपकी इस मेड सर्वेंट के पास ही था |"

"लेकिन ये ऐसा क्यों करेगी ?"

"यह तो यही जाने |"

"आप मुझ पर बेकार ही शक कर रहे हैं | मैंने ऐसा कुछ नहीं किया |"

"तो फिर तुम जा सकती हो | और हां ! अपने बॉस बार्ने को जाकर मेरा प्यार देना | उससे कहना कि वो अपने दिन गिनना शुरू कर दे | मैं उसकी चाल को कामयाब नहीं होने दूंगा |"

"कौन बार्ने ?"

"जिसे तुमने उस खत की इन्फर्मेशन लीक की है | तुम्हारी इन्फर्मेशन के बाद ही उसे मेरी इस केस में होने वाली इन्वॉल्वमेंट का पता चला होगा | जिसके चलते ही उसने अपने आदमी को मुझे धमकाने भेजा |"

सूसन भुनभुनाती हुई अपना सामान लाने चली गई | माब्रले हैरान थी| डॉ. वाटसन बात को कुछ-कुछ समझ रहे थे | माब्रले ने कहा – "आखिर हो क्या रहा है इस घर में ? ये बार्ने कौन है ?"

शरलॉक ने कहा – "बार्ने इस शहर का कुख्यात गैंगस्टर है |"

"उसे मेरी प्रॉपर्टी में क्या दिलचस्पी है ?"

"यही तो मुझे भी जानना है | आप को कितना समय हो गया इस प्रॉपर्टी में रहते हुए ?"

"लगभग दो साल |"

"दो साल बाद ऐसा इस प्रॉपर्टी में क्या हुआ है जिसके कारण बार्ने जैसा गैंगस्टर इसमें दिलचस्पी ले रहा है |"

"क्या उसे इस प्रॉपर्टी में किसी खजाने का पता चल गया है ?" डॉ. वाटसन ने उत्सुक से होते हुए पूछा |

"प्रॉपर्टी तो प्रॉपर्टी ! उसे तो घर की हर चीज भी चाहिये | अजीब पहेली है !"

"मेरी तो कुछ समझ में नहीं आ रहा |" माब्रले अपना माथा पकड़ कर बैठी थी |

"मैं इस पूरे घर को देखना चाहता हूं |"

माब्रले की इजाजत से दोनों उस घर को देखने की नीयत से घर के प्रत्येक कमरे को देखने के लिये आगे बढ़े | दोनों ने देखा कि एक कमरे में एक जोड़ी ट्रंक रखे हुए थे | उन पर ताले पड़े थे |

"यह ट्रंक किसके हैं ?"

"ये मेरे बेटे डगलस के हैं | वो लेखक था | मूडी था | काम के सिलसिले में अक्सर बाहर रहता था | इसमें उसके कपड़े इत्यादि कुछ सामान हैं | उसकी मौत के बाद इन्हें मेरे पास भेजा गया था | मैंने इन्हें खोल कर नहीं देखा | मैं जानती हूं मैं उसका सामान देख कर खुद पर काबू नहीं पा सकूंगी| वो मेरा अकेला बेटा था | पति के बाद मैंने उसे भी खो दिया | नहीं ! मैं इस बात को बर्दाश्त नहीं कर सकती |" उसकी आंखें गीली होने लगीं | वो सुबक पड़ी |

"आप चिंता न करें मिसेज माब्रले | मैं और मेरा साथी इस गुत्थी को बहुत जल्दी ही सुलझा लेंगे | हम आपसे कल फिर मिलेंगे | मेरी राय में आपको अपने वकील को बुला कर पुलिस की सुरक्षा ले लेनी चाहिये |"

"मेरे पास यहां कुछ ऐसा नहीं है सुरक्षा के लिये |"

"तो आप मुझे एक नोट बना कर दें | इसका फायदा ये होगा कि अगर कोई आपसे इस प्रॉपर्टी के अगेंस्ट कुछ जबरदस्ती करता है मतलब आपको डरा-धमका करके किन्हीं कागजों पर आपके सिग्नेचर लेता है तो मैं ये कागज बतौर सबूत पुलिस को दूंगा |"

"नोट में क्या लिखा होगा ?"

"उसमें लिखा होगा कि यदि मुझे कोई शारीरिक नुकसान होता है तो उसका जिम्मेदार उस प्रॉपर्टी एजेंट के अलावा सूसन और बार्ने इत्यादि को माना जाये जो जबरदस्ती इस प्रॉपर्टी को मुझसे खरीदना चाहते हैं |"

माब्रले ने वैसा नोट बना कर दे दिया | शरलॉक डॉ. वाटसन के साथ चला गया |

वाटसन ने शरलॉक से कहा – ऐसा नोट बनवा कर तुमने अच्छा किया|"

"यह जरूरी था क्योंकि मैंने सूसन को फिर से हमारी बातें सुनते हुए देख लिया था | वो अपना सामान लेकर जाने के लिये तैयार होकर आई थी| मैं चाहता था कि ऐसे नोट की जानकारी वो जाकर अपने बाप बार्ने को दे ताकि बार्ने मिसेज माब्रले को कोई शारीरिक हानि पहुँचाने की बात ना सोच सके |"

"तुमने सूसन को क्यों जाने दिया ?"

"उसे रोक कर भी क्या फायदा होता ?"

"हम उसे पुलिस का डर दिखा कर उसकी जुबान खुलवा सकते थे ?"

"मैं जानता हूं वो बार्ने के लिये काम करती है | लेकिन मैं ये नहीं जानता कि बार्ने किसके लिये काम करता है ? हम सूसन को पुलिस का डर दिखाते तो शायद वो बार्ने का नाम ले लेती या फिर हो सकता है कि बार्ने ही उसे खत्म देता | उसके पास स्टीव जैसा खूनी है |"

अगले दिन जब वे वापस लौटे तो उन्हें एक शॉकिंग खबर मिली | मिसेज माब्रले के घर में चोरी हुई थी | घर के बाहर कुछ लोगों की भीड़ लगी थी | पुलिस भी वहां आ चुकी थी और तहकीकात में जुटी थी | क्षेत्र की लोकल पुलिस इसे साधारण चोरी का मामला मान रही थी |

शरलॉक ने उन्हें बताया कि यह काम बार्ने के इशारे पर स्टीव जैसा कोई आदमी कर सकता है जिसमें सूसन उसकी मदद कर सकती है क्योंकि वो घर के कोने-कोने के बारे में जानती है | लेकिन पुलिस के यह पूछने पर कि इतने बड़े गैंगस्टर को इस चोरी से क्या लाभ होने वाला था ? शरलॉक उसे इस बात पर आश्वस्त नहीं कर सका क्योंकि इस बारे में अभी वो खुद भी अंधेरे में ही था |

मामला सचमुच रहस्यमय था | आखिर उस घर में ऐसा क्या था जिसके लिये पहले मिसेज माब्रले को घर बेचने की ऑफर दी गई और फिर उसके इनकार पर घर में चोरी की गई | तो क्या उस घर को खरीदने की चाह रखने वालों को इस चोरी के बाद उनका मकसद मिल गया होगा ?

माब्रले ने बताया कि वो सोने के लिये जा रही थी तो तभी किसी ने उसकी नाक को भींच दिया | उसने महसूस किया कि उसकी नाक पर कोई कपड़ा रखा गया है जिससे वो अपने होश खो बैठी | उसके बाद जब उसे होश आया तो उसने देखा कि कोई आदमी उसके बेटे के ट्रंक में से कागजों का पुलंदा निकालने की कोशिश कर रहा था | उसे देख कर मैं चीख पड़ी | मुझे होश में आये देख कर वो घबरा गया |

वो भागने लगा | मैंने उसके हाथों से कागजों को छीनने की कोशिश की लेकिन मैं सफल ना हो सकी | वो मुझे धक्का देकर निकल गया | मैं फिर से बेहोश हो गई |

फिर जल्दी ही मुझे दोबारा होश आया तो मैंने खुले हुए सन्दूक में झांक कर देखा | वहां सिर्फ एक ही कागज पड़ा था जिसे मैंने पुलिस के हवाले कर दिया |

डॉ. वाटसन ने हैरानी जताई – "कमाल है ! केवल कुछ कागजों के लिये चोरी हुई ? आखिर डगलस ने उन कागजों में ऐसा क्या लिखा होगा ?"

शरलॉक ने इंस्पेक्टर से उस कागज के बारे में पूछा – "आखिर क्या लिखा है उस कागज में ?"

इंस्पेक्टर ने उस कागज को जेब से निकाल कर उसके हवाले कर दिया – "कुछ खास नहीं | किसी कहानी का आखिरी पन्ना है |"

शरलॉक ने देखा कि उस पन्ने पर 245 नंबर पड़ा है यानी वो किसी नॉवेल का आखिरी पन्ना हो सकता था |

"इसका मतलब चोर नॉवेल के 244 पेज चुरा कर ले गये ?" डॉ. वाटसन ने हैरानी से कहा |

"और जल्दबाजी में आखिरी पन्ना छूट गया ?" शरलॉक ने कहा |

"कमाल तो ये है कि क्या वो नॉवेल की मेन्यू-स्क्रिप्ट ही चुराने आये थे?" इंस्पेक्टर ने अविश्वास से कहा |

शरलॉक का दिमाग घूम रहा था | वो जानता था कि इस चोरी से पहले भी इस घर में ऐसा बहुत कुछ हो चुका था | ऐसा आखिर इस स्क्रिप्ट में क्या था कि इसके लिये गैंगस्टर पूरे घर को खरीदना चाहते थे, वो भी पूरे सामान सहित ? आखिर कौन था इस सबके पीछे ? बार्नें को किसने हायर किया था ?

शरलॉक और डॉ. वाटसन उस आखिरी पन्ने को पढ़ने लगे | आखिरी पन्ने पर लिखे शब्द कुछ इस प्रकार से थे –

"...जिस्म के घाव भर जाते हैं | उनसे बहते हुए खून का दर्द उस दर्द के आगे कुछ भी नहीं, जो एक दिल से बहते हुए खून से पैदा होता है | हां ! एक चेहरा था | एक मासूम चेहरा | एक खूबसूरत चेहरा | जिसे वो हर समय देखना चाहता था | उसका अपना सा वो चेहरा, जिसके लिये वो अपनी पूरी जिंदगी भी कुर्बान कर देना चाहता था | जब वो मुस्कराती थी तो लगता था कि जैसे स्वर्ग के दरवाजे खुल गये हों | झरने गिरने लगे हों | कलियाँ अपना घूंघट हटा कर खिल रही हों | फिजा में खुशबुयें उड़ने लगी हों | निगाहें जैसे उस मुस्कान को समेट लेना चाहती हों | तेज होती धड़कनें जैसे पूरे जिस्म में प्यार ही प्यार भर देना चाहती हों | वास्तव में वो उसके चेहरे की नहीं, इसी प्यार की खूबसूरती तो थी | ये वो प्यार ही था जो उसके चेहरे में खूबसूरती ढूंढ रहा था | लेकिन जब उसने उसके प्यार को नफरत के साथ देखा तो जैसे अचानक ही वो प्यार गायब हो गया | वो मर गया | और जब किसी का प्यार मरता है तो वहां से नफरत शुरू होती है | इंसान के पास जीने का कोई मकसद होना चाहिये | वो मकसद प्यार हो तो जिंदगी आसान हो जाती है | लेकिन यह सब मैं तुमसे क्यों कह रहा हूं ? तुम्हारे लिये राजसी ठाठ-बाट प्यार से बड़े हैं | तुम्हें मेरी भावनाओं से ज्यादा प्यारा है अपने मुकुट में लगा वो हीरा जिसकी चमक मेरे प्यार के सामने एकदम फीकी है | तुम रहो अपनी ठाठ-बाट की दुनिया में खुश | मैं भी अपनी प्यार की दुनिया को खोने नहीं दूंगा | मैं रहूँ ना रहूँ मेरा प्यार मेरे साथ हमेंशा रहेगा |"

आखिरी पन्ना पढ़ने के बाद डॉ. वाटसन ने पूछा – "इसमें तो ऐसी कुछ खास बात पता नहीं चल रही ?"

"खास बात ?" शरलॉक ने डॉ. वाटसन के शब्दों को दोहराया फिर कहा – "यह आखिरी पन्ना डगलस के लिखे नॉवेल का है | इसमें खास बात ये है कि आखिरी कुछ पंक्तियों को छोड़ कर शेष नॉवेल को थर्ड पर्सन में लिखा गया है जबकि आखिरी कुछ पंक्तियां फर्स्ट पर्सन में लिखी गई हैं |"

"इसका क्या मतलब हुआ ?"

"इसका मतलब ये हुआ कि डगलस नॉवेल लिखते-लिखते न जाने किस इमोशन में भरकर नॉवेल की कहानी की आखिरी पंक्तियों को ऐसे लिख

गया जैसे कि वो खुद उस कहानी का हीरो हो | देखो इन शब्दों को | अचानक लेखक कहानी की हीरोइन के लिये प्रयुक्त किये जा रहे 'वह' और 'उसके' जैसे शब्दों को 'तुम' और 'तुम्हारी' का सम्बोधन देने लगा और हीरो के लिये प्रयुक्त 'उसे' और 'उसके' जैसे शब्दों के लिये 'मैं' और 'मेरा' सम्बोधन दे दिया |"

"इसका क्या मतलब हुआ ?"

"मतलब सीधा सा है | कहानी की उन पंक्तियों को लिखते हुए वो कहानी की हीरोइन में अपना प्यार देखने लगा था | शायद वो किसी से प्यार करता रहा होगा ? शायद उसका प्यार किसी ने पूरी निर्ममता के साथ ठुकरा दिया था | मिसेज माब्रले ने बताया था कि मरने से पहले वो अचानक डिप्रेशन में चला गया था | उसने अपना इलाज भी ठीक से नहीं करवाया था ?"

"हां ! लेकिन इन सब बातों का भी घर खरीदने और चोरी से क्या मतलब है ? डगलस किसी से प्यार करता था तो करता था | उसने नॉवेल लिखा तो लिखा | वो कारण कहां है जिसके साथ यह केस जुड़ा हुआ है ? सिर्फ उसका नॉवेल चुराने के लिये कोई इतना बखेड़ा क्यों भला खड़ा करेगा ?"

शरलॉक कुछ पल के लिये माब्रले के पास गया | लौट कर डॉ. वाटसन के साथ एक तरफ को चल पड़ा |

"हम कहां जा रहे हैं ?" डॉ. वाटसन ने पूछा |

"अगर मैं सही सोच रहा हूं तो डगलस की कहानी का आखिरी पन्ना ये सिद्ध करने के लिये काफी है कि वो किसी से प्यार करता था | इस समय हम उसी लड़की से मिलने जा रहे हैं | डगलस ने उसके बारे में आखिरी पन्ने में जो कुछ लिखा है वो बिल्कुल वैसी ही है | छुई-मुई सी खूबसूरत | फूल की पंखुड़ी की तरह नाजुक और मखमली | रेशम का टुकड़ा | ऐसी कि आईना भी उसे देख कर हक्का-बक्का हो जाये |"

"कौन है वो ?"

"क्वीन ईसाडोरा क्लेन !"

"डगलस उससे प्यार करता था ?"

"हां ! मैंने अभी उसकी मां से इस बारे में पूछताछ की है | उसने मुझे बताया कि वो क्वीन के महल में कुछ दिन रहा था | इसी से मुझे यकीन हो

गया कि वो जरूर उससे प्यार कर बैठा होगा | क्लेन की वास्तविकता जाने बिना | उसका सच ये है कि वो जिंदगी के हर पल को अपनी मर्जी से जीना चाहती है |

वो अपने पार्टनर बदलने में माहिर है | वो खूबसूरत गठीले युवाओं में दिलचस्पी लेती है | उसकी शादी शुगर मिल के मालिक एक बेहद अमीर जर्मन से हुई थी | उसकी मौत के बाद क्लेन शहर की सबसे अमीर हैसियत की औरत बन गई | मुझे लगता है ये केस अब लगभग सॉल्व हो चुका है | हम उसके महल के सामने खड़े हैं |"

किले नुमा उस शानदार इमारत को देखते ही उसकी भव्यता का अहसास हो जाता था | शरलॉक ने अपना कार्ड गार्ड के हाथों अंदर भिजवाया | थोड़ी देर बाद गार्ड ने आकर उसे जाने को कहा | ईसाडोरा क्लेन उनसे नहीं मिलना चाहती थी | उसकी बात सुनकर शरलॉक हौले से मुस्कराया | उसने एक नोट लिखा और उस गार्ड को ईसा को दे आने को कहा |

गार्ड दोबारा भीतर गया | इस बार जल्दी ही वापस लौटा | उसके लिखे नोट के शब्दों ने जैसे जादू किया था | उसने तुरन्त गेट खोल दिया और उन्हें भीतर जाने को कहा |

"क्या लिखा था तुमने उस नोट पर ?" डॉ. वाटसन ने पूछा |

"सिर्फ इतना कि या तो मुझसे मिल लो या फिर थोड़ी देर बाद पुलिस से मिलना |"

डॉ. वाटसन उसकी बात सुनकर जोर से हंसना चाहते थे लेकिन माहौल इसकी इजाजत नहीं देता था | कुछ ही देर में दोनों ईसाडोरा के सामने बैठे थे | एक तरफ खूबसूरत झरना था | दूसरी तरफ वो बैठी थी | सचमुच झरने सी निर्मल | सचमुच वो इतनी खूबसूरत थी कि किसी साधारण इंसान के लिये तो निगाहें उस पर ठहराये रखना ही असम्भव था| उसकी खूबसूरत नीली आंखों में गजब का सम्मोहन था | हल्की सुर्खी लिये उसके गुलाबी गाल जैसे गुलाब की पंखुड़ियों से बने हुए प्रतीत होते थे | ऐसा सौन्दर्य विश्व में इकलौता ही हो सकता था |

"मैंने आपके बारे में बहुत सुना है मिस्टर शरलॉक होम्स !" उसने खनकदार आवाज में हौले से कहा |

शरलॉक ने डॉ. वाटसन का परिचय उसे दिया | तब वो बोली – "आपने जो स्लिप अंदर भेजी थी उसमें पुलिस का जिक्र क्यों किया ?"

"जवाब आपके प्रश्न में ही है | पहले हमने आपसे मिलने की अनुमति मांगी थी लेकिन आपने मिलने से मना कर दिया | फिर पुलिस का जिक्र आने के बाद ही आपने मिलने के लिये बुलाया क्योंकि आप जानती हैं कि आपने डगलस और उसकी मां के साथ क्या किया है ? आपने मिसेज माब्रले का मकान खरीदने के लिये गलत लोगों की मदद ली | गलत तरीके इस्तेमाल किये | चोरी करवाई | आप जानती थीं कि अगर मुझसे नहीं मिलीं तो सचमुच मैं आपको पुलिस तक पहुंचा सकता हूं | आप गिरफ्तार हो सकती हैं |"

'मैं...मैं मजबूर हो गई थी | मैं ऐसा नहीं करना चाहती थी | वो पागल था | मैंने कभी उसे इस निगाह से नहीं देखा था |"

"शायद तुम डगलस की बात कर रही हो ?"

"ह...हां ! मैंने उसे काम दिया | इज्जत दी | अपने साथ यहां इस आलीशान महल में रखा | मैं एक औरत हूं | मेरे पास बेशुमार दौलत है | मैं

अकेली हूं | औरत कितना भी इंतजाम करे लेकिन अपनी सुरक्षा के लिये हमेशा चिंतित रहती है | अपनी उस चिंता के कारण मैंने हमेशा अपने पुरुष मित्रों को अपने क्लोज रखा | मेरी जिंदगी में वो आते-जाते रहे | उनकी मौजूदगी मुझे सुरक्षा का अहसास देती थी |

डगलस भी उनमें से एक था | वो इमोशनल था | पागल था | मुझसे प्यार कर बैठा | उसकी इस भावना को जानने के बाद मैंने उसे चले जाने को कह दिया | शादी मेरे लिये एक कप चाय की तरह नहीं थी जिसकी चुस्कियां लेने के बाद मैं उसे भूल सकती थी |

पर मैं नहीं जानती थी कि वो सचमुच मेरे प्यार में पागल हो चुका था| उसने हमारी मुलाकात के पहले दिन के पहले पल से ही अपने प्यार की कहानी लिखनी शुरू कर दी थी | उसने अपने नॉवेल में हमारे उन अन्तरंग पलों को भी लिख डाला जिसको मैं बयान भी नहीं कर सकती | अपनी मौत से पहले ही उसने अपनी स्क्रिप्ट की दो कॉपी बनाई होंगी | एक उसने मुझे भेजी ताकि वो मुझे बता सके कि वो मुझे कितना प्यार करता था ! और दूसरी एक पब्लिशर को ताकि उसके प्यार और मेरी बेवफाई, प्यार में मेरी कठोरता को दुनिया भी जान सके |

उस स्क्रिप्ट को देख कर मैं हक्की-बक्की रह गई | मुझे लगा कि अगर ये छप गई तो मैं कहीं की ना रहूंगी | लोग उसकी मौत के लिये भी मुझे ही दोष देते | मैं उस पब्लिशर को जानती थी | मैंने उससे कॉन्टेक्ट किया लेकिन वो स्क्रिप्ट उसके पास नहीं पहुंची थी | अब यदि वो स्क्रिप्ट उसके पास नहीं थी तो फिर कहां थी ? शायद उसने पब्लिशर को भेजी ही नहीं थी | यहां से उसकी मां की परेशानी शुरू हुई |

मुझे लगा वो स्क्रिप्ट डगलस के सामान में होनी चाहिये जो उसकी मौत के बाद मैंने उसके घर भिजवा दिया था | इसलिये मैंने उसकी मां को सामान सहित अपना घर बेचने की ऑफर दी | हां ! मैंने बार्ने की मदद ली| कभी वो भी मेरे साथ रहा था | उसने अपनी पत्नी सूसन को उस घर में नौकरानी की हैसियत से भेजा | सूसन से जब उसे पता चला कि मिसेज माब्रले ने तुम्हारी मदद के लिये पत्र लिखा है तो उसने स्टीव को तुम्हें धमकाने भेज दिया |

मैं नहीं जानती कि यह सही था या गलत लेकिन हो यही रहा था | मुझे वो स्क्रिप्ट चाहिये थी | तुम्हारी इन्वॉल्वमेंट बढ़ जाने के बाद बार्ने ने थ्री गेबल्स में चोरी का प्लान बनाया | स्क्रिप्ट तो मुझे मिल गई लेकिन डेम

इट ! आखिरी पन्ना वहीं छूट गया | उसी में तो उसकी सारी प्रेम-कहानी का भेद खुल रहा था |"

"प्रेम प्रेम से ही पैदा होता है मिस ईसाडोरा जैसे चिंगारी चिंगारी को जन्म देती है | यह प्यार अकेले डगलस का नहीं हो सकता | इसमें कुछ ना कुछ हवा तुमने भी दी होगी | तुम्हारे प्यार का वो फर्क ही शायद डगलस की भी जान ले गया | खैर ! अब वो चुराए हुए 244 पेज कहां है ? यकीनन वो तुम्हारे पास पहुंच चुके होंगे |"

"वो वहां राख हो रहे हैं |" ईसाडोरा क्लेन ने एक तरफ फायर प्लेस में जलती हुई आग की तरफ इशारा किया – "अगर तुम मेरी जगह पर होते तो क्या करते |"

'अगर मैं तुम्हारी जगह पर होता तो मैं इस प्यार को शुरू ही नहीं करता | प्यार के एक ऐसे आधार को भी शुरू नहीं करता जो किसी को प्यार जैसा लग सकता हो | किसी को ऐसा आभास दे सकता हो कि उसका झुकाव किसी की तरफ है | ऐसा करना किसी की भावनाओं से खेलना होता है | प्यार को मैं भी समझता हूं | **एक टूटा हुआ दिल किसी लाइलाज बीमारी की तरह होता है जो किसी की जान तक ले सकता है | प्यार के अहसास जब टूटते हैं तो मौत वहीं हो जाती है, मौत आये ना आये, इससे फर्क नहीं पड़ता |"**

ईसाडोरा खामोश खड़ी रह गई | हकीकत को वो स्वीकार करे ना करे लेकिन जानती जरूर थी | उसका चोर उसकी आंखों से दिखाई पड़ रहा था जिन्हें वो उस पल में शरलॉक से चुराने की कोशिश कर रही थी | जो उस समय कुछ भीगी हुई थीं |

"मैं आपके लिये क्या कर सकती हूं ?"

"तुम्हारी निगाहों में किसी एक तीर्थ यात्रा की क्या कीमत हो सकती है?"

वो शरलॉक का इशारा समझ गई थी - "शायद पांच सौ पोंड्स काफी होंगे ?"

"मैं चाहता हूं तुम इतने अमाउंट का एक चेक मिसेज माब्रले के नाम बना कर दो |"

"हां जरूर ! मैं जानती हूं कि मिसेज माब्रले शांति के लिये तीर्थ यात्रा पर जाना चाहती हैं |"

उसने इस सब के लिये माफ़ी मांगते हुए एक चेक शरलॉक को दिया जिसे लेते हुए शरलॉक ने कहा – "और हां ! हो सके तो बार्ने जैसे माफिया लोगों से दूर रहो | खूबसूरती मन से भी हो तो इंसान वाकई दिखने में खूबसूरत होता है |"

"मैं इस नसीहत को याद रखूंगी |"

दोनों उठ कर चल पड़े | ईसाडोरा उन्हें बाहर तक छोड़ने आई | फिर वो उनकी गाड़ी को तब तक देखती रही जब तक वो दिखाई पड़ती रही | जब वो वापस अपने महल की तरफ मुड़ी तो उसके कानों में निसंदेह शरलॉक के कहे हुए शब्द ही गूंज रहे थे **'खूबसूरती मन से भी हो तो इंसान वाकई दिखने में खूबसूरत होता है |'**

❑

कत्ल की जमीन !!!

(The Adventure of the Dancing Man)

"अभी-अभी तुमने कहा कि कत्ल की जमीन तैयार हो रही है | क्या कत्ल की जमीन भी होती है ?" डॉ. वाटसन ने अजीब सा प्रश्न किया था |

"किसी के लिये ये सवाल वाकई टेड़ा है | जमीन तो खेती के लिये होती है | लोगों के रहने के लिये होती है |" शरलॉक होम्स ने अपना पाईप सुलगाते हुए कहा |

"फिर कत्ल की जमीन से क्या मतलब है ? क्या जमीन के किसी मनहूस हिस्से से है जहां कत्ल होते हों ? लेकिन यह तो नामुमकिन है ? ऐसी कोई जमीन नहीं हो सकती जहां कत्ल होते हों |"

"हां ! तुमने ठीक कहा | ऐसी कोई जमीन नहीं हो सकती | मेरा मतलब उस जमीन से था जहां कत्ल के लिये गुंजाइशें पैदा होती हैं |" शरलॉक ने कहा |

"क्या मतलब ?" डॉ. वाटसन ने प्रश्न पूर्ण निगाहों से शरलॉक को घूरते हुए पूछा |

"कत्ल एक ऐसी व्यक्तिगत कुंठा है जो हालातों के कारण किसी व्यक्ति के दिमाग को इतना कुंठित व कुंद कर देती है कि वो कत्ल करने पर आमादा हो जाता है | कभी-कभी हालात अकस्मात पैदा हो जाते हैं | कभी-कभी पैदा किये जाते हैं | उन हालातों का हश्र कत्ल हो सकता है ये हालात पैदा करने वाले लोग जानते हैं | इसे ही मैं कत्ल की जमीन का नाम दे रहा हूं क्योंकि ये हालात धीरे-धीरे व्यक्ति को कत्ल करने के लिये प्रेरित करते हैं| इसमें हालात पैदा करने वाला शख्स भी कत्ल का शिकार हो सकता है और हालातों का शिकार व्यक्ति भी |"

"थोड़ा और समझाओ !"

"मान लो किसी प्रॉपर्टी का विवाद है जिसे दो परिवार या रिश्तेदार मिल कर आपस में सुलझा नहीं पा रहे | कोर्ट कचहरी के चलते रिश्ते भी

तार-तार हो जाते हैं | नफरतें इस कद्र बढ़ जाती हैं कि विवाद होने पर खून-खराबे हो जाते हैं | ये है कत्ल की वो जमीन जो कत्ल के हालात पैदा करने के लिये तैयार की जा रही होती है | यहां अगर समझदारी से काम लेकर मामले को आपस में सुलझा लिया जाये तो उस जुनूनी विवाद की नौबत ही नहीं आये जिसके कारण कत्ल हो सकता है | मोहब्बत के रिश्ते भी बचे रहें | लेकिन ज्यादा पाने का लालच ऐसे समझौतों से लोगों को दूर ही रखता है | हर इंसान जानता है कि क्या सही है क्या गलत ? लेकिन लालच उसे सही-गलत से दूर किये रखता है | और वो अपनी नैतिकता को त्याग कर कत्ल की जमीन तैयार करने में लगा रहता है | एक बार ये जमीन तैयार हो जाती है तो फिर किसी को सिवाए मुसीबत और तकलीफों के कुछ भी नहीं मिलता |"

"ये तुमने ठीक कहा | एक शादी-शुदा इंसान किसी दूसरी औरत के चक्कर में पड़ जाता है | वो जानता है कि वो कत्ल की जमीन तैयार कर रहा है | वो चाहे तो इससे बच सकता है लेकिन 'किसे पता चलेगा ?' उसकी ये सोच उसे इस अवैध रिश्ते को बनाये रखने के लिये प्रेरित करती है और वो खुद से बनाई जा रही कत्ल की जमीन की हकीकत को इग्नोर करता चला जाता है |"

"इसे देखो !"

"ये क्या है ?"

"देखो तो !"

"इस कागज पर पर तो किसी नाचते हुए व्यक्ति का रेखा-चित्र बना हुआ है | इस बनाने वाला कोई अच्छा चित्रकार नहीं है | बहुत ही भद्दे तरीके से चित्र बनाया गया है |"

"अभी में इस केस के बारे में ज्यादा नहीं जानता लेकिन इस चित्र को देख कर लगता है कि जैसे कत्ल की एक और जमीन तैयार हो रही है |"

"क्या मतलब ? किसने भेजा है इसे ?"

"उसे किसने भेजा है ये तो मैं अभी नहीं जानता लेकिन जिसने मुझे भेजा है वो अभी थोड़ी ही देर में यहां आने वाला है | इसीलिए मैंने तुम्हें यहां बुलाया है | तुम जानते हो कि तुम्हारी 'अब्सेंस' में मैं कोई भी केस अपने हाथ में नहीं लेता |"

"लेकिन तुमने ये क्यों कहा कि इस केस में तुम्हें कत्ल की जमीन दिखाई पड़ रही है ?"

"नाचते हुए इस व्यक्ति का ये चित्र भेज कर कोई किसी को भयभीत करना चाहता है | यानी एक अपराध की नींव रख दी गई है | जुर्म की नींव पर कैसी इमारत बनेगी ये हर कोई समझ सकता है ? मैं अपनी इन्वेस्टिगेशन से उस इंसान का पता चला सकता हूं जिसने ये चित्र भेजा है लेकिन मैं किसी इंसान के दिमाग की उस जुनूनी उथल-पुथल को नहीं रोक सकता जो किसी कत्ल के लिये जिम्मेदार होती है |"

तभी एक लम्बे कद का लेकिन मजबूत जिस्म का मालिक तेजी से भीतर आया | शरलॉक ने उसे देखते ही उसका स्वागत करते हुए कहा – "हम अभी आपके बारे में ही बातें कर रहे थे मिस्टर क्यूबिट !"

"मैं तुम्हें अपने बारे में बताता हूं | इसकी शुरुआत उस समय हुई जब मैं पिछले साल लंदन गया | वहां के रसेल स्क्वायर के एक रेस्तरां में मेरी मुलाक़ात एल्सी से हुई | वो अमेरिकन थी | लेकिन प्यार किसी देश की सरहदों को नहीं मानता | वो केवल दिल की सरहदों को देखता है | उसे देखते ही मुझे उससे प्यार हो गया | वो भी मुझे पसंद करने लगी थी | केवल एक माह बाद ही हमने शादी कर ली | उसने मुझे अपने परिवार के बारे में कुछ नहीं बताया | उसने मेरे सामने भी ये शर्त रखी थी कि मैं उसके अतीत के बारे में ज्यादा पूछताछ नहीं करुंगा |

मेरे पूछने के बाद कि वो ऐसा क्यों कह रही है ? उसने मुझे बताया कि कुछ लोग हैं जो उसके इस फैसले को नहीं मानेंगे | लेकिन एक दिन ऑफिस से लौटने के बाद मैंने दरवाजे पर एक लिफाफा पड़े देखा | मैंने उसे खोला | उसमें वो चित्र था जो मैंने तुम्हें भेजा | एक नाचते हुए इंसान का रेखा चित्र जिसे शायद हाथ से बनाया गया था | मैं कुछ नहीं समझा | मैंने वो चित्र एल्सी को दिखाया |

उस चित्र को देखते ही एल्सी अचानक पसीने से नहा गई | उसकी टांगें कांप गईं | मैंने उसे थाम ना लिया होता तो वो निसंदेह गिर जाती | मैंने उसे पीने को पानी दिया | मेरे पूछने पर उसने मुझे कुछ नहीं बताया | मुझे भी अपना प्रॉमिस याद था इसलिये मैंने भी उससे कुछ पूछने के लिये जबरदस्ती नहीं की |

इस चित्र के बाद उस अज्ञात शख्स ने एक और पत्र भेजा |" मिस्टर क्यूबिट ने वह पत्र शरलॉक को दिया – "इस पत्र ने मेरी और मेरी पत्नी की उलझनें और बढ़ा दी हैं | इस पत्र को देखने के बाद वो अचानक चुप-चुप और तनाव में रहने लगी है | मैं उसकी हालत से परेशान हूं | मैं जानता हूं वो इस पत्र भेजने वाले को शायद जानती है | लेकिन मैं उससे पूछ नहीं सकता | ना ही वो बताने के लिये तैयार है |"

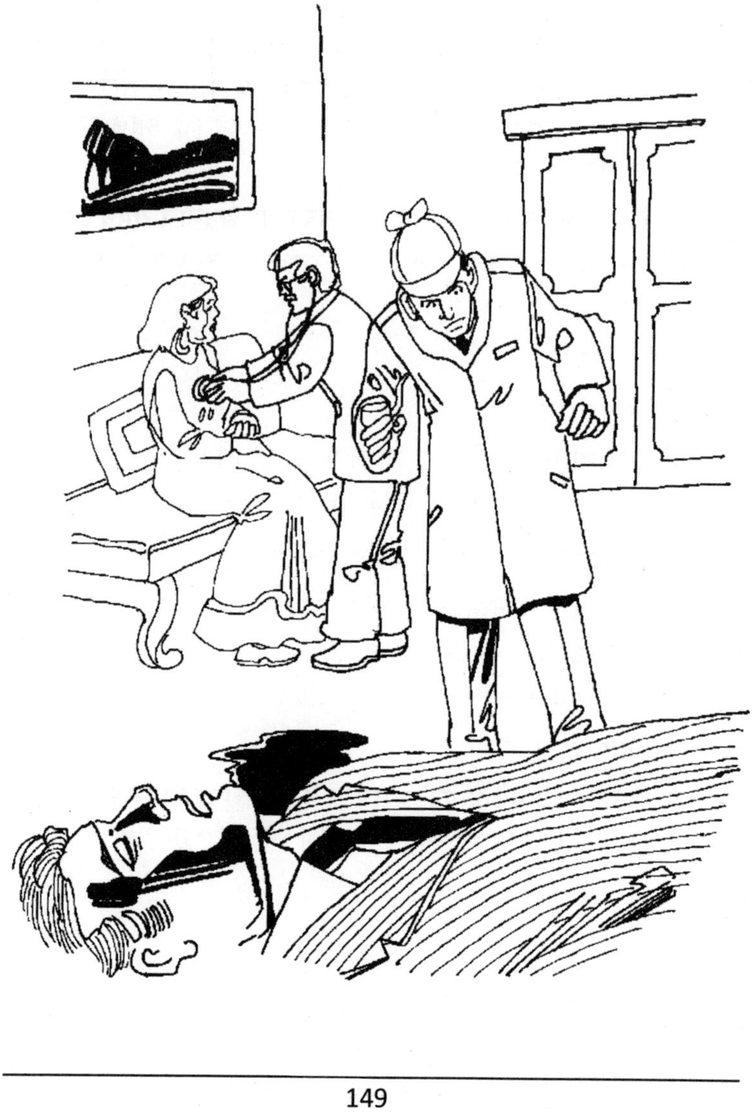

शरलॉक ने देखा कि उस पत्र में किसी कोड भाषा का इस्तेमाल किया गया था | उसे तुरन्त समझ पाना सम्भव नहीं था | शरलॉक ने कहा – "मिस्टर क्यूबिट ! मैं आपकी परेशानी को समझ रहा हूं | मैं इस पत्र को डिकोड करके यह जानने की कोशिश करता हूं कि आखिर पत्र और डांसिंग मैन का स्केच भेजने वाला क्या चाहता है ?"

इसके बाद क्यूबिट वहां से चला गया | उसके जाते ही शरलॉक को एक पत्र और मिला | उसे पढ़ते हुए शरलॉक के होंठों पर मुस्कराहट तैर गई | तब शरलॉक और डॉ. वाटसन उस क्लू को समझने में लग गये | दोनों ने देखा कि पत्र में कोड भाषा में कुछ शब्द लिखे गये थे | डॉ.वाटसन अपने दिमाग पर जोर डाल कर उस कोड भाषा को समझने की कोशिश कर रहे थे | शरलॉक भी ऐसी ही कोशिश कर रहा था |

पत्र की तरफ देखते-देखते अचानक शरलॉक की आंखें फ़ैल गईं | वो एक झटके के साथ उठ खड़ा हुआ | डॉ. वाटसन ने चौंक कर उसे देखा – "क्या हुआ ?"

"जल्दी चलो !"

"हुआ क्या ?"

"हमें फौरन मिस्टर क्यूबिट के बंगले पर जाना होगा | ओह माई गॉड!"

"वहां तक पहुंचते-पहुंचते तो मैं सस्पेंस से ही मर जाऊंगा |"

"कुछ समझाने का समय नहीं है | बस जल्दी चलो |"

दोनों एक ट्रेन से नॉर्थ वाल्शम स्टेशन पहुंचे | स्टेशन मास्टर उन्हें जानता था | उन्हें देख कर उसे ज्यादा हैरानी नहीं हुई – "मैं समझ गया आप यहां क्यों आये हैं ?"

"क्या मतलब ?"

"थोड़ी देर पहले मैंने इंस्पेक्टर मार्टिन को भी अपनी टीम के साथ यहां से जाते देखा था | वाकई अच्छा नहीं हुआ | मिस्टर क्यूबिट अच्छे आदमी थे |"

"थे ? व्हाट डू यू मीन 'थे' ?"

"उनकी गोली मार कर हत्या कर दी गई है | उनकी पत्नी को भी गोली मारी गई | वो काफी सीरियस है |" यह खबर डॉ. वाटसन के लिये तो

चौंका देने वाली थी लेकिन शरलॉक ने एक गहरी सांस ली – “ओह ! हमने पहुंचने में देर कर दी |”

“तो क्या तुम समझ गये थे कि ऐसा होने वाला है ?” मिस्टर क्यूबिट के घर की तरफ बढ़ते हुए डॉ. वाटसन ने पूछा |

“हां ! मैं उस डांसिंग मैन के क्लू और पत्र में लिखी हुई गुप्त भाषा के मजमून को समझ गया था | मुझे पता लग गया था कि हत्यारा क्यूबिट और एल्सी को मारने आने वाला है | लेकिन वो इतनी जल्दी अपना काम कर जायेगा यह मैं नहीं जानता था |”

दोनों मिस्टर क्यूबिट के बंगले पर पहुंचे | इंस्पेक्टर मार्टिन उन्हें देख कर चौंका | शरलॉक ने उसे बताया कि मिस्टर क्यूबिट ने ही उन्हें उस केस के बारे में क्लू दिये थे और उनकी मदद मांगी थी लेकिन मदद से पहले ही वो मारे गये |

"क्या तुम जानते हो हत्यारा कौन है ?"

"हत्यारे का क्लू इस कोड भाषा में और इस डांसिंग रेखा चित्र में है |"

इंस्पेक्टर मार्टिन ने उसे समझने की कोशिश की | पत्र का मजमून इस प्रकार से था – "अपने ईश्वर से मिलने जाने के लिये तुम दोनों को किसी चर्च या मंदिर जाने की जरूरत नहीं | संध्या के समय आंखें बंद करते ही वो तुम्हें मिल जायेगा |"

"मेरी तो कुछ समझ में नहीं आ रहा |"

"इस मजमून का सीधा सा मतलब है कि पत्र भेजने वाला एल्सी और उसके पति को मारने के लिये आज संध्या के समय आने वाला है | वो बताना चाहता है कि ईश्वर से मिलने यानी मौत के लिये किसी चर्च या मंदिर जाने की जरूरत नहीं होती यानी मौत के रूप में हत्यारा भी उन तक पहुंच सकता है | वो इशारा कर रहा है कि जब वो उन्हें मार देगा तो उनकी आंखें बंद होते ही वे दोनों अपने ईश्वर के पास पहुंच जायेंगे अर्थात मर जायेंगे |"

"तुम्हारे हिसाब से कातिल कौन है ?"

"उसे मिसेज क्यूबिट अवश्य जानती है | लेकिन इस समय वो गोली लगने से घायल व बेहोश है | उसे अस्पताल भेजा जा रहा है |" शरलॉक ने कहा – "अभी आप फौरन शहर की नाकाबंदी का बंदोबस्त करें ताकि हत्यारा शहर छोड़ कर भाग ना जाये |"

"हत्यारा कौन है ?"

"उसका नाम एब स्लेनले है | वो एक कुख्यात गैंगस्टर है |"

इंस्पेक्टर ने तुरन्त फ़ोर्स के आदमियों को उसकी तलाश में भेज दिया फिर बोला – "तुम्हें उसका पता कैसे चला ?"

"उसके डांस करते हुए चित्र से | वो एक होटल में डांसर का काम करता था लेकिन यह काम वो केवल खुद को कानून की पकड़ से बचाने के लिये कवर के रूप में करता था | वास्तव में वो एक अपराधी है | इस सारी कहानी को जानने के लिये पहले एल्सी के अतीत को जानना जरूरी है | उसके पिता खुद एक गैंगेस्टर हैं | एब स्लेनले उसके पास काम करता था और उसका वफादार था |

वो एल्सी से शादी करना चाहता था | उसके पिता को इस पर कोई ऐतराज नहीं था | एल्सी को अपने पिता के कामों की खबर थी | वो उनके काम से नफरत करती थी | उसे एब बिल्कुल भी पसंद नहीं था | वो डरती थी कि कहीं उसकी शादी एब से ना हो जाये | इसी समय उसे क्यूबिट मिला | वो उससे शादी करने को तैयार हो गई | इसके बाद उन्होंने वो जगह छोड़ दी | एब एल्सी की तलाश में लगा रहा | फिर एक दिन उसने उसे ढूंढ लिया |

उसने उसे डांसिंग मैन का चित्र भेजा ताकि वो उसे पहचान जाये और समझ जाये कि वो उससे नहीं छुप सकती थी | वो उसे आतंकित करना चाहता था | फिर उसने उसे वो पत्र भेजा जिसकी भाषा को ना वो समझ सकी ना ही क्यूबिट | वो बदले की आग में जल रहा था | वो उन्हें मार कर अपना बदला पूरा करना चाहता था | उसने दोनों को मारने की कोशिश की लेकिन संयोग से एल्सी बच गई | यह है उसकी सारी कहानी |"

"लेकिन तुम्हें उस डांसिंग मैन का पता कैसे चला ?"

"उसने जो चित्र भेजा था उसमें उसकी वर्दी में एक स्टीकर भी लगा दिखाया था | वैसा स्टीकर उस क्षेत्र के एक नामी होटल के 'लोगो' का था | मैंने एक ऐसे आदमी लूथर को उस होटल में डांस करने वाले एब स्लेनले के बारे में पता करने को कहा जो कभी अपराधी रहा था लेकिन मेरे समझाने पर अब वो गलत रास्ते छोड़ कर शराफत की जिंदगी बसर कर रहा था | उसने पूछताछ की तो मुझे एब की इस कहानी का पता उसके भेजे हुए पत्र से चला लेकिन तब तक मैं क्यूबिट के दिये हुए पत्र की कोड भाषा को नहीं समझ सका था |"

तभी वहां एक बड़ी उम्र का व्यक्ति पहुंचा | उसने बताया कि वो एल्सी का पिता था | उसे एब स्लेनले की हरकतों की जानकारी हो चुकी थी | उसने उसे मार कर उसकी लाश को झील में फेंक दिया था | अब वो सरेंडर करने आया था | केस खत्म हो चुका था | दोनों वापस लौट पड़े |

डॉ. वाटसन ने रास्ते में कहा – "तुमने ठीक कहा था कत्ल की जमीन भी होती है ! यह जमीन इस बार एब स्लेनले ने तैयार की थी | वो एल्सी

और मिस्टर क्यूबिट को चैन से जीने देता तो इस कत्ल से बच कर खुद भी चैन से जीते रह सकता था | लेकिन उसके बदले की आग ने सब बर्बाद कर दिया | वो खुद भी नहीं बच सका |"

शरलॉक अपना बुझा हुआ पाईप फिर से जला रहा था | उसे मिस्टर क्यूबिट की मौत का बेहद अफ़सोस था | लेकिन वो जितना कर सकता था उसने किया था |

❑❑❑